Wiglaf Droste | Die Rolle der Frau

Droste sorgt sich in diesem Buch um die Volksgesundheit, lobt die Hühnersuppe und die Aspirin-Tablette, warnt vor Volksfeinden, Bundeswehrbeleidigern und Weltverschwörern, philosophiert über das Einkaufen als inneres Erlebnis, kurzum, er spricht über Liebe, Gott und Yeti.
Wiglaf Droste wurde im Jahre 2003 für sein »vitales Dissidententum« und seine »Verbindung aus grobem Ton und feinem Stil« mit dem Ben-Witter-Preis ausgezeichnet. 2005 erhielt er den Annette-von-Droste-Hülshoff-Preis. Die Jury lobte die Breite und Qualität seines Werkes, »das für einen satirischen deutschsprachigen Autor seiner Generation einmalig sein dürfte«. Seine Texte seien »sprachliche Kabinettstückchen von hohem literarischen Rang«.

Wiglaf Droste, geboren 1961, lebt in Berlin. Seine legendären Kolumnen erscheinen in der *taz* und im *Kritischen Tagebuch* beim *WDR*. Im Verein mit dem *Essener Spardosen-Terzett* kann man Droste auch singend erleben. Bei Reclam Leipzig erschienen außerdem *Bombardiert Belgien! & Brot und Gürtelrosen*, RBL 20043; *Der infrarote Korsar*, RBL 20110, und 2005 der Gedichtband *nutzt gar nichts, es ist Liebe*.

Wiglaf Droste

Die Rolle der Frau

und andere Lichtblicke

RECLAM
LEIPZIG

Veröffentlicht im Reclam Verlag Leipzig, 2003

Reclam Bibliothek Leipzig, Band 20068
2. Auflage, 2005
Reihengestaltung: Gabriele Burde
Umschlaggestaltung: Gabriele Burde unter Verwendung
eines Bildes von Ulrike Haseloff
Autorenfoto: © Thomas Stolper, Frankfurt am Main
Gesetzt aus ITC Slimbach
Satz: Reclam Verlag Leipzig
Druck und Bindung: Reclam, Ditzingen
Printed in Germany
ISBN-13: 978-3-379-20068-4
ISBN-10: 3-379-20068-9

www.reclam.de

für Vince,
Spender vieler Freuden

Die Rolle der Frau

Wenn man gefragt wird, welche Eigenschaften man an einer Frau besonders schätzt, kann man eine Menge ins Spiel bringen, das die fünf Sinne erfreut: Schönheit, weil man nicht blind geboren wurde, Intelligenz, Klugheit und eine keiffreie Stimme, weil man nicht taub ist, lecker riechen und lecker schmecken sind ganz wichtig, und der Tastsinn empfindet Vergnügen, ja Jubel an einer gewissen Griffigkeit. Leidenschaft, Hingabe, Weisheit und Sanftmut sind auch feine Sachen, und höchst beglückend ist die Fähigkeit zu erkennen, wann es geraten ist, einfach mal den Schnabel zu halten. Das alles aber, vor allem letzteres, gilt auch für Männer. Es muß da bei Frauen noch etwas anderes geben, etwas Magisches, Mysteriöses, und ich glaube, ich weiß, was es ist. Es ist die Rolle der Frau.

Ich meine das nicht gesellschaftlich. Das Gendergeschwatze überlasse ich gerne den dafür gut geeigneten Wichtigköpfen, und die von Alice Schwarzer ein Leben lang repetierte Behauptung, sie – und sie ganz allein – habe Deutschland im Sinne des Frauenrechts zivilisiert, ist so langweilig, daß sie nicht einmal mehr zum Widerspruch reizt. Man kommentiert ja auch Wolf Biermanns Eigensaga nicht mehr, die ihn als Ein-Mann-Helden und solitären Bezwinger der DDR ausweist. Wer sich aber für das von Schwarzers eigenen Lügen entkleidete, wahrhaft bundesverdienstkreuztaugliche Leben Alice Schwarzers interessiert, dem möchte ich Kay Sokolowskys materialreiches, haarfein geschriebenes Buch über Alice Schwarzer empfehlen. Es heißt »Who the fuck is Alice? Was man wissen muß, um Alice Schwarzer vergessen zu können«.

Aber ich schweife ab vom Schönen, von der Rolle der Frau. Ich spreche nicht von dicken Frauen. Dick bin ich selber. Ich meine nicht das, was spießig und verdruckst als »üppig« oder, Gipfel der Klemmsprache, als »Rubens-Figur« beschrieben wird. Ich spreche von einem kleinen Halbmond unter dem Nabel. Schöne Frauen haben sie, die Rolle der Frau – die süße, kleine Rolle am Bauch.

Einmal, als sehr junger Mann, schrieb ich mit einem schwarzen Edding genau diese Worte auf die hübsche Bauchtasche der neben mir Schlummernden: Die Rolle der Frau. Sie erwachte – und fragte mich nicht unempört, ob ich sie noch alle hätte. Ich hoffte doch, gab ich zur Antwort, verlegte mich aufs Beschwatzen und Beschwichtigen und war mir sicher, die Sache mit ein paar elegant übertriebenen Komplimenten aus der Welt schaffen zu können. Weil aber in den achtziger Jahren Frauen und Männer erbitterter und prinzipienfixierter aufeinander einhieben, als sie das heute tun, brachte die Sache mir doch Verdruß ein. Vielleicht lag es aber auch daran, daß der Edding acht Tage lang nicht abging.

Doch ich bereue nichts. Im Gegenteil. Ich verfeinerte meine Anbetung. Die Fütterungsreflexe, die sehr schlanke Frauen bei mir auslösen, ließen mich zu einem versierten Koch heranreifen. Mein Leben hat einen Sinn gefunden, ein Ziel: Frauen in meine Küche einladen. Schon nach kurzer Zeit ist sie da, die wundervolle Rolle der Frau.

Der Einkauf als inneres Erlebnis

Buddhismus für Fortgeschrittene: Einkaufen bei Karstadt

Zu den schönsten Dingen des Lebens gehört das Liegenbleiben. Deshalb wird es, wie alles Schöne, geahndet. Wer liegenbleibt, wo alles aufspringt und in ungelenke Unrast verfällt, erweckt den Argwohn arbeitsamer Hektiker. Oder auch nur ihren Neid: Handwerker werfen morgens um sieben ihr Kriegsgerät an, weil niemand schlafen darf, wenn der Handwerker wacht. Stadtreiniger zerren Mülltonnen so laut durch die Höfe, daß alle, die gar nicht schuld sind an ihrem Stadtreinigerleben, dennoch dafür büßen müssen. Eine Abmahnung besonderer Art handelt sich ein, wer samstags seine Einkäufe nicht bis 14 Uhr erledigt hat: Er wird mit Karstadt nicht unter drei Stunden bestraft.

Wohnt der Delinquent im Berliner Stadtteil Kreuzberg, bedeutet das: Karstadt Hermannplatz. Da muß er hin und seine soziale Maßnahme antreten. In Erwartung kommender Schrecken stapft der Verurteilte los. Seine Geisteshaltung ist ernst und gefaßt. Auf dem Weg zu Karstadt Hermannplatz liest er an einer Hauswand: »Wer wählt, entmündigt sich selbst.« Ein schönes Paradox - ist doch Mündigkeit erst die Voraussetzung, überhaupt wählen zu können. Indem ich wähle, zeige ich Mündigkeit - und werfe sie gleichzeitig weg? Wie jetzt?

Beim Gehen, das wußten schon die Peripatetiker, läßt sich gut grübeln, und die Zeit verfliegt. Am Wegesrand locken Lokale - Zum Hammer heißt eins, Abenteuer aus einer anderen Welt versprechend. Die Kneipe gegenüber verheißt noch mehr: Blauer Affe. Das läßt an Walter Serners famose Kriminal- und Kaschemmengeschichtensammlung »Zum Blauen

Affen« denken. Leider ist die Assoziation ganz falsch: Bei diesem Blauen Affen handelt es sich um eine Neuköllner Bierhölle, die nur betreten soll, wer auch bereit ist, alle Hoffnung fahren zu lassen. Wie überhaupt die Gegend rund um Karstadt Hermannplatz als Schultheiß-Fegefeuer aufschimmert, als seelisch aufgegebenes Gebiet.

Nun heißt es tapfer sein: Karstadt Hermannplatz ist nah. Hinein geht es in die Unterwelt, in die Lebensmittelabteilung im Keller. Die aber nicht mehr Lebensmittelabteilung heißt, sondern »Marktplatz«. Im »Marktplatz« gibt es einen »Brot-Shop«, eine »Tee & Kaffee-Corner« und einen »Fisch-Point«, andererseits aber auch eine »Wurst-Theke«. Warum heißt sie nicht »Sausage-Counter«? Hier sind, wie man so sagt, die Verantwortlichen gefordert. Zum Nachbessern. Denn wenn schon sprachlicher Wirsing, dann bitte mit ganzheitlichem Ansatz.

»Die Fülle des wahllos Konsumierten wird unheilvoll. Sie macht es unmöglich, sich zurechtzufinden, und wie man im monströsen Warenhaus nach einem Führer sucht, wartet die zwischen Angeboten eingekeilte Bevölkerung auf den ihren.« Das schrieb Theodor W. Adorno in seiner »Minima Moralia«. Adorno hat nie bei Karstadt Hermannplatz eingekauft.

Hier sucht niemand mehr einen Führer. Die Hoffnung, irgend jemanden zu treffen, der auskunftfähig wäre, hat sich längst verflüchtigt. Blutige Anfänger machen vielleicht noch den Fehler, Rat zu erbitten. Die Antwort, so sie eine erhielten, könnte sie nur in noch tiefere Verzweiflung stürzen. Und so sieht man die Kundschaft stoisch ihre Gitterwagen schieben, kreuz und quer, waagerecht, senkrecht, diagonal, ein rätselhaftes Muster zeichnend. Es gibt nur eine gültige Regel: Alles ist da, aber nichts ist irgendwo. Ist das Buddhismus? Eine Prüfung? Oder sogar, um einmal das pornographischste Wort deutscher Zunge zu benutzen, ein Mächtigkeitsspringen?

Keiner weiß das. »Alle stehn zusammen / egal, woher sie

stammen / alle stehn zusammen / bei Aldi vorm Regal«, singt der in Kreuzberg lebende Funny van Dannen in seinem Gassenhauer »Berlin International«. Aber das hier ist nicht Aldi. Das hier ist Karstadt Hermannplatz. In Neukölln, und darüber hat van Dannen ein anderes Lied geschrieben: »Es gibt schon so viel und es wird immer mehr / und wir können alles kaufen / Aber am besten ist immer noch: saufen saufen saufen / saufen saufen saufen saufen / saufen, fressen und ficken / saufen saufen saufen und die Kinder Bier holen schicken.« Das ist gar nicht lustig gemeint. Das ist eine Sozialstudie.

Die man vor sich hin trällert, während man sediert seinen Wagen schiebt. Schon seit einer halben Stunde ist man da, doch im Wagen befindet sich nichts, denn nichts konnte bisher gefunden werden. Dafür aber biegt nun tatsächlich Herr van Dannen um eine Regalecke. Er hat einen kleinen Jungen im Einkaufswagen. Hat er ihn gerade gekauft? Will er ihn umtauschen? Er weiß es nicht mehr. Er ist seit einer Stunde hier und hat alles vergessen. Leeren Blicks zieht der Melancholiker weiter auf seiner elliptischen Bahn. Um 18 Uhr, wenn Karstadt Hermannplatz schließt, wird ein Wärter ihn sanft, aber bestimmt nach draußen begleiten.

Auch Danny Dziuk, der mit »Überwintern« das Lied der Lieder schrieb für alle, die den Berliner Winter fürchten, weil sie ihn kennen, sieht man umherirren. In seinem Wagen befindet sich ein Dreiliterfäßchen Beck's Bier. »Ich habe mir ein Glas Bier gekauft«, sagt er und diffundiert Richtung Kasse. In seiner Hand hält er einen Einkaufszettel, auf dem mindestens 30 Posten zu sehen sind. An der Kasse wartet eine Frau auf ihn. Es ist eine gute Frau. Als sie Einkaufsliste und Wageninhalt miteinander vergleicht, schimpft sie nicht. Ihr Blick spielt stark ins Verständnisvolle. Sie weiß um die Dinge. Sie weiß um Karstadt Hermannplatz.

Stunden vergehen. Findet man nicht, was man kaufen wollte, kauft man, was man findet: »If you can't be with the one you love, love the one you're with.« Zumindest dieser Hippie-Alptraum ist bei Karstadt Hermannplatz Wirklichkeit geworden. Ernst Jünger, ein Träumer anderer Träume, hätte nach einem Besuch bei Karstadt Hermannplatz einen Essay geschrieben: »Der Einkauf als inneres Erlebnis«. Doch Ernst Jünger ist tot. Wir müssen selber einkaufen gehen.

Das beklagt auch die Biologin und Alltagsforscherin Dr. Claudia Aldenhoven. Sie gesteht, bei Untersuchungen über die Sucht nach Karstadt Hermannplatz selbst süchtig nach Karstadt Hermannplatz geworden zu sein. Eine Equipage von drei vollgeladenen Wagen wuchtet sie vor sich her. Haßliebe sei es, was sie antreibe, behauptet sie. Das Reden über Karstadt läßt ihr rotes Haar noch roter leuchten. Bei ihrer Haßliebe scheint es sich um die seltene Mischung aus 99 Prozent Liebe und einem Prozent Haß zu handeln. »Hier«, sagt sie, »es gibt eine österreichische Sauerkonserve namens Der Gurkenprinz! Der Gurkenprinz! Hahaha!« Sie stiebt davon. In einem Kriegsroman würde die Szene mit dem Satz enden: »Wir sahen sie nicht wieder.«

Die Kasse ist erreicht, endlich. Die Kasse. Endlich zahlen dürfen: Erlösung, Katharsis, alles. Aber noch ist es nicht soweit. Vor die Kasse hat ein pädagogisch-sadistischer Gott die Kassenschlange gestellt. Profis wissen das und haben sich Lektüre mitgebracht. Gern genommen wird Henryk Broders 1987 erschienene Aufsatzsammlung »Ich liebe Karstadt«. In der Titelgeschichte schrieb Broder, damals hauptsächlich in Jerusalem lebend: »Jedesmal, wenn ich nach Köln komme, um meine Mutter zu besuchen, renne ich als erstes in die Karstadt-Lebensmittelabteilung und staune: Was für eine Ordnung! Was für eine Auswahl! Was für ein Überfluß! Diese nicht endenwollenden Theken mit Käse, Wurst und Konserven! Wie geschmackvoll präsentiert! Und wie billig!« Und auch der Leser dieses hymnischen Stakkatos gerät ins Staunen: Wie viele Ausrufungszeichen! Gleich sechs hintereinander!!!!!! Und war Karstadt in Köln 1987 so anders? Oder bloß Broder dem Laden rückstandslos verfallen?

Jemand stupst an meine Schulter. Ist es eine dieser erleuchtungsfernen Gestalten, die aggressiv werden und durchdrehen, wenn das Leben ihnen Gelegenheit gibt, durch Warten klüger und weiser zu werden? Im Gegenteil. »Huhu«, sagt Gisela Güzel. Sie kauft seit acht Jahren bei Karstadt Hermannplatz ein und hat es in »Karstadt-baut-um-am-Hermannplatz« umgetauft. Ich sage auch »Huhu« und spinkse in ihren Wagen. Ich fasse es nicht. Gisela Güzel hat es fertiggebracht, einen ganz normalen Einkauf zu tätigen. Sie hat nur gekauft, was sie haben wollte, nichts sonst. Und vor allem: Sie hat es gefunden! Wie? Hat sie geheime Verbindungen? Ist Günstlingswirtschaft im Spiel?

Erschüttert verabschiede ich mich und trage meine sieben Tüten nach Hause. An der Hauswand steht, ich bin ganz sicher: »Wer keine Hoffnung hat, kann nicht gewinnen. Wer auf Karstadt hofft, hat schon verloren.«

Ein Abenteuer mit Shaun, der Schafhandtasche

Wer nicht dumm sterben will, muß die Sinne scharf halten. Es sind die nichtnormierten Dinge und Wesen, von denen man lernt. Widersprüche und Paradoxien sind Futter für den Geist. Wer denkt, er wüßte schon alles, denkt nicht.

In Aachen begegnete ich einer jungen Frau, die, ihre ohnehin sehr hohen Sympathiewerte noch steigernd, eine Schafhandtasche mit baumelnden Beinen geschultert hatte. Sie sah damit so hinreißend nett und freundlich aus, daß meine Festplatte sich löschte und nur noch einen Befehl übrigließ: eine Schafhandtasche! Ich will eine schöne Schafhandtasche! Ich will Shaun, das Schaf aus Wallace & Gromit!

Die junge Frau empfahl mir, zu diesem Zweck einen Comicladen aufzusuchen. Ihr Begleiter, ein nicht minder freundlicher Cigarristo, bot mir altruistisch eine Lancero an, wir rauchten und plauderten, und immer wieder ruhte mein Auge wohlwollend und bewundernd auf Shaun. Ich wußte, ich würde nicht ruhen, bis Shaun mir gehörte. So eilte ich in den Comicladen, und Shaun wurde mein. Ich hatte eine Schafhandtasche! Wie schön! Und wie praktisch auch: Die klassischen Jackentaschenausbeuler Reisehumidor, Notizbuch, Portemonnaie und Schlüsselbund paßten genau hinein. Glücklich und selbstvergessen schlenderte ich durch Aachen, Shaun über der Schulter, und von Zeit zu Zeit führte ich eine Fellkontrolle durch. Fellkontrolle ist das Gisela-Güzel-Wort für streichölln.

Es wurde Nacht; ich bemerkte es nicht. Halb fünf am Morgen war es, als ich das Hotel Marx erreichte, das von einer rundumgestärkten Rezeptionshexe im Stil des BdM geführt wird, und in das ich mich deshalb erst zu nachtschlafender

Zeit zurückwagte. Gerade als ich die Hoteltür öffnete, hielt ein Taxi. Zwei Betrunkene kletterten aus dem Wagen wie liebe Tiere. Sie trugen schwarze Anzüge, weiße Hemden und identische gelb-orange Krawatten. Auch sie wohnten im Hotel Marx, und auch sie fürchteten die BdM-Führerin. Sie stellten sich als Kai Struwe und Rainer Lipski vor und erzählten aufgeräumt, daß sie in der Spielbank gewesen seien, »ein paar Pils getrunken und schön viel Geld verloren« hätten, »genau wie sich das gehört«. Dabei lächelten sie grundgütig, und als sie den Hotelkorridor entlanggingen, sahen sie aus wie aus der Augsburger Puppenkiste herausgepurzelt, so kallewirschig hopsten und rollten die beiden durch den Flur.

Niemals zuvor hatte ich Leute getroffen, auf die Jack Kerouacs Begriff »Dharma-Bums« so paßte wie auf Rainer Lipski und Kai Struwe. Sie waren Buddhisten auf der höchsten Stufe spiritueller Entwicklung. Fasziniert sah ich diesen tief erleuchteten Männern hinterher. Es war ganz einfach: sich in Freundschaft zugetan sein, gute Getränke verzehren und genug Geld in der Tasche tragen, um es unter die Leute zu bringen. In der Tasche? In der Schafhandtasche natürlich!

Stolz stellte ich den beiden Shaun vor. »Schickes Schaf«, lobten sie ihn, was mich noch mehr für sie einnahm. Dann sagten sie simultan: »Aber ein Mann, der so was trägt, hat sie nicht alle auf dem Zaun.« Es gab mir einen Stich. Waren die beiden am Ende gar keine Buddhisten? Oder, schlimmer: Hatten sie recht?

Solche Fragen sind es, die den menschlichen Geist geschmeidig halten.

Rache für Heike!

Ein Aufschrei gegen die heikebesudelnden Machenschaften der Futon- und Frottee-Mafia
Mit Lyrik!

Der Japaner hat ein anderes Verhältnis zum Schmerz und schläft deshalb auf einem Instrument, das Futon heißt. Etymologisch kommt Futon von Tofu und Beton, und genauso liegt es sich darauf auch.

Daß der Futon auch in Deutschland seinen Siegeszug antreten konnte, läßt die jüngeren Landsleute in noch seltsamerem Licht erscheinen als die älteren ohnehin. Aus Kraft durch Freude wurde *Fit for fun*, und dessen Anhänger haben es gerne hart; ohne den Kitzel der Selbstquälerei ist ihnen alles nichts. Ob die Achse Berlin–Tokyo nie wirklich durchgesägt wurde? In der wärmeren Jahreszeit, wenn sie sich begeistert öffentlich entkleiden, erkennt man unsere Futonficker an den vielen blauen Flecken, die sie sich hart erarbeitet haben und auf die sie deshalb sehr stolz sind.

Wenn man ein richtiges Bett hat, kann einem so etwas nicht passieren. Sondern viel Angenehmeres: Im Bett kann man lesen, schlafen, Hörspielkassettchen hören, schreiben, einfach nur so daliegen, plaudern, Scrabble spielen, rumlümmeln, flüstern und schnuppern, leckere kleine Brote verzehren, sich löffeln, was man will. Bett ist wie Badewanne, Küche und Kino: essentiell. Ohne geht nicht.

Als CD noch Seife war, hieß es: »An meine Haut lasse ich nur Wasser und CD.« Das war aber damals schon gelogen. Viel lieber läßt man an seine Haut, was dem Ex-Astralleib schmeichelt und ihm wohltut. Ein weiches, kuscheliges Laken zum Beispiel. Also kein Frottee! Frottee ist gut für die Bewohner bretthart er Protestantenpritschen. Und natürlich für den

Japaner, der auch ein anderes Verhältnis zum Tod hat. Japaner aller Nationen lieben Frottee, das Schmirgelpapier unter den Bettbezügen. »Wie schön das scheuert!« jauchzen sie verzückt. »Ganz rauh! Ich glaube, ich blute schon ein bißchen!« Weniger peinorientierte Menschen aber möchten in Frottee nicht sterben und noch viel weniger leben.

Von einer Fachfrau für erfreuliche Bettwäsche bekam ich ein Laken nach meinem Herzen. Als ich die Verpackung entfernte, leuchtete es so ermunternd sonnendottergelb, daß ich mich sofort hineinwerfen wollte. Dann aber las ich den Text auf der Verpackung, und je länger ich las, desto erbitterter wurde ich:

HEIKE – *das zärtliche Bettuch*
HEIKE – *3 Jahre Qualitätsgarantie*
Hochwertiges, elegantes Marken-Bettuch
in erstklassiger Qualität
Diese Punkte sprechen für HEIKE:
langjährige Gebrauchstüchtigkeit
angenehm und hautsympathisch
problemlos in der Pflege

So eine Heikeverachtung war mir noch nie begegnet: »langjährige Gebrauchstüchtigkeit, problemlos in der Pflege«! Heike mag als Vorname heikel sein, nicht so prickelnd vielleicht, aber es gibt doch viel Schlimmeres, Gerburg zum Beispiel, Jessica oder Melany. Bei manchen Mädchenvornamen wird man den Verdacht nicht los, die Eltern wollten ihr Kind direkt an die nächste Straßen- oder Internet-Ecke stellen. Heike klingt dagegen unbedarft und erschütternd solide, aber es gibt doch einige Heikes, die ganz anders sind, als der Name es verheißt: intelligent, lustig und aufregend. Wer heckte diesen Affront gegen die liebenswerten Heikes aus? Cui bono? Wer steckt dahinter? Die Frotteefraktion? Das Futonverbrechersyndikat? Der Japaner, der ja, weil er auf einem Futon liegt, bekanntlich nicht schläft?

Gegen schreiendes Unrecht auf der Welt, das habe ich in den siebziger Jahren gelernt, hilft vor allem Poesie. Also dichtete ich, um die Heike-Verächter vom Erdboden zu tilgen:

Alle guten Heikes dieses Landes
Prangern diese Heike-Schmähung an
Kraft des Heike-Schmähverbot-Verbandes
Ist mit Heike-Schmähung Schluß und dann
Wird ein Reich errichtet namens Heike
Heike Heike Heike Heike Heike

Schade, daß sich gar nichts reimt auf Heike
Außer vielleicht: »Heike, führ uns stracks zum Streike!«
Oder, noch makatschter: »die gentlemanlike«
Aber das ist nur und ganz vergeigte
Grütze, die sich besser nie und nirgends zeigte –
Scheitern muß der Reimversuch mit Heike.

Jeden Heike-Schmäher soll man strafen
Niemand mehr soll ruhig in Heike schlafen
Bis nicht die Heike-Bettuch-Mafia von hier bis Bonn
Im Meer versenkt ist, an den Füßen Schuhe aus Futon.

Dann war alles wieder gut, die Heike-Beleidigung war mit Lyrik abgewaschen. Heike, das zärtliche Bettuch, umfing mich warm und gut. Der Weg in Heikes Kissen führt über das Gewissen.

Hui hui!

Eine Verbeugung vor dem gespielten Orgasmus

Der simulierte Orgasmus hat einen schweren Stand. Er ist übel beleumundet, keiner will ihn haben. Offiziell heißt er vorgetäuschter Orgasmus - das klingt nach einem Delikt, nach einem betrügerischen Anschlag auf das männliche Selbstwertgefühl. Und das sagt: Die Frau hat den Orgasmus nicht zu simulieren, sie hat ihn zu haben! Punktum!

Zauberhaft und herzweichend ist es, mit Mädchen die Köpfe zusammenzustecken, herumzukichern und über die wirklich wichtigen Dinge des Lebens zu sprechen. Hast du schon einmal einen Orgasmus geschauspielert? - Einmal? Du bist ja drollig! Na klar. - Und warum? - Na ja, weil er sich so Mühe gegeben hat. Er war so rührend bemüht, so süß, ich wollte ihm nicht das Gefühl geben, daß es mir keinen Spaß macht. Außerdem fand ich es lustig, mich da so reinzusteigern, zu seufzen und zu stöhnen, mmmh mmmh zu machen und oooh oooh. Nein, das war eigentlich sehr amüsant, eben ein ganz anderer Spaß.

Manche Mädchen sehen die Sache etwas taffer an: Natürlich spiele ich denen was vor. Sonst hört das Gestochere doch nie auf. Die denken, daß sie uns einen Orgasmus schenken, die Trottel. Daß wir Kraft ihrer Gnade zum Mond fliegen, daß sie und nur sie uns glücklich machen können. Man kann es ihnen nicht ausreden, sie mocheln herum in ihrem Orgasmusgewährwahn, sie ackern und malochen, und wenn man dann schön keucht und den Atem pfeifen läßt und so richtig spitz losschreit, sind sie endlich zufrieden und geben Ruhe. Und sind dann wenigstens einigermaßen erträglich.

Ui ui, das klingt nicht schön, nach Erfahrung, die man gerne nicht hätte. Fragen wir lieber eine Frau, die glücklicher liebte und entsprechend milder plaudert: Bei einer Affäre ist das anders. Die geht man ja eigentlich ein, um wilde Sachen zu machen und sich auszutoben. Aber bei mir und dem als Liebhaber auserkorenen Mann fluppte das überhaupt nicht. Ich merkte etwas zu spät, daß ich in Wirklichkeit keine Lust auf ihn hatte. Er fummelte mit der Hand an mir herum, und um die Sache abzukürzen, habe ich ihm dreimal hintereinander unglaubliche Höhepunkte vorgespielt. Er konnte ja nichts dafür, daß ich mich umentschieden hatte, und ich wollte nichts erklären und ihn auch nicht enttäuschen. Meine Heftigkeit hat ihn so erschreckt, er hat dann ganz stolz gesagt: Wenn das so ist, dürfen wir uns nie wiedersehen! Er ist dann glücklich weggegangen, und das war doch gut.

Irgendwann kommt die Frage, der auszuweichen dann doch zu feige wäre: Hast du denn auch schon mal bei mir … so … ääh … geflunkert? – Unbeschreiblich ist das Gelächter, eine Woge der Heiterkeit ergießt sich, ein Sturzbach freundlicher Erkenntnis. Was sich über das staatliche Gewaltmonopol nur zähneknirschend und mit Einschränkungen sagen läßt, für die Lüge und für den gespielten Orgasmus gilt es uneingeschränkt: Sie sind eine Errungenschaft und ein Bollwerk der Zivilisation.

Definiere interpretieren, interpretiere definieren!

Ich weiß nicht mehr, welcher Sportreporter Mitte der neunziger Jahre als erster ganz besonders schlau und originell sein wollte und deshalb sagte: »Matthias Sammer interpretiert die Rolle des Liberos neu.« Jedenfalls schnasselten dem professionellen Gipskopf zügig alle seine Kollegen hinterher, und von da an hieß es unausweichlich: »Matthias Sammer interpretiert die Rolle des Liberos neu.«

Die Rolle des Liberos neu interpretieren – genauso könnte man sagen, daß einer, der sich Gäste einlädt, um ihnen das Rauchen zu verbieten oder sie auf den Balkon zu jagen, die Heiligkeit der Gastfreundschaft neu interpretiert; daß Rudolf Scharping in seinem Amt den Pazifismus und in seinem Privatleben die Diskretion neu interpretiert; daß die sogenannte »akzeptierende Jugendarbeit«, mit der Nazis zur Fortführung ihrer Existenz ermuntert werden, alle Gebote der Vernunft neu interpretiert; daß Michael Schumachers Mienenspiel die Idee humaner Intelligenzbegabtheit neu interpretiert; daß der Lederhosenspießer Hartmut Engler, Sänger der akustischen Todesstrafe Pur, der als sein Vorbild den BAP-Mann Wolfgang Niedecken angibt, was ich Niedecken von Herzen gönne, in Aussehen, Rede und Tat die menschliche Würde neu interpretiert, wie es auch sein Kollege Klaus Meine von den Scorpions und dessen früherer hannöverscher Tennispartner Gerhard Schröder als Teil der öffentlichen, aus dem Grinsen gar nicht mehr herauskommenden Eheleute Schröder-Köpf tun. Und so weiter.

Nicht nur das Interpretieren hat einen langen Weg hinter sich vom Deutschunterricht bis in die Mundhöhlen medialer Sportverwesung. Auch das gute alte Definieren geht mittlerweile ganz neue Wege. Einen Porsche fahrenden Designer hörte ich am Nebentisch zu Designerfreunden aus Düsseldorf sagen: »Das ist doch okay, wenn einer seinen Körper ganz klar definieren will.« Er meinte damit Sitzungen im Fitneßstudio, bei denen man sich gartenschlauchartige Adern unter die Haut quälen und andere ähnlich unlustige Dinge mit sich anstellen kann, um den Anforderungen des Körperkults zu genügen, diesem offensichtlichsten Ausdruck einer kriegerischen Gesellschaft. Manche sagen dazu definieren - das klingt nicht so sportiv und körperdumm, und vielleicht kompensiert es die selbst zugefügten Schmerzen? Ich weiß das nicht. Dennoch kann auch ich meinen Körper sehr klar definieren, ziehe aber die altmodische Methode vor und beschreibe ihn: Klops.

Das ist exakt, wahr und anschaulich - und keine Sekunde im Studio oder mit dem Heimtrainer sind dazu nötig, kein Aufbaupräparat, kein Tropfen Schweiß, kein Gekeuche, kein prügelnd pochendes Herz. Nur die Freude am Spachteln, etwas Bereitschaft zur Selbsterkenntnis und genügend Unerschrockenheit - die man auch Humor nennen könnte -, um die kanonenkugelige Wucht der Erkenntnis abzufedern. Notfalls kann ich immer noch sagen, daß mein Körper das Ideal des Diätismus neu interpretiert.

Things behind the Golf

Wie Nick Drake in ein VW Cabrio geriet

Ein Cabrio gleitet durch den späten Abend. Es hat vier junge Menschen geladen, zwei Mädchen und zwei Buben der gehobenen Mittelklasse. Mond und Sterne schimmern, die jungen Menschen kucken. Aus dem Off singt eine zarte, verhaltene Jungmännerstimme: »I saw it written and I saw it say / Pink moon is on its way / And none of you stand so tall / Pink moon's gonna get you all.«

Das Cabrio mit den jungen Menschen erreicht einen bollohaft trüben Ort, einen Laden, in dem die Big Brother-Sorte Mensch verkehrt: Grobschlächtige Spaßgesellschaftler eiern herum, die aussehen, als würden sie sich über verbissene Witzversuche namens *Comedy* vor Lachen ausschütten. Die vier im Cabrio schauen skeptisch, sehr sehr skeptisch auf das Treiben, und dann wollen sie gar nicht hinein in das laute, grobianische Lokal, sondern unter den Sternen und unter dem Mond einhergleiten im Cabrio, und so wenden sie das schnittige Automobil und gleiten einher unter dem Mond und unter den Sternen, denn sie sind tiefergelegt nicht am Wagen, sondern an der Seele, und zum Beweise dessen kommt aus dem Off wieder die zart besaitete Musik: »Pink Moon« von Nick Drake. Dann ist der Film aus, und man liest »Generation Golf« und »VW«. Ach so.

Daß im Werbespot die Mischung aus dumm & dreist genuin zu sich selbst findet, ist nicht neu. Ob aber die Creativ-mit-C-Creativen, die diesen »Generation Golf«-Film ersannen, eine Ahnung davon haben, was sie da zusammenrührten? »Pink Moon« ist das Titelstück der dritten und letzten LP des Sängers und Songschreibers Nick Drake. Als die Platte 1972 erschien, war Nick Drake noch keine 24 und schon so gut wie tot. Der junge britische Sänger war schwer depressiv; 1974, mit 26, nahm er sich das Leben. Und taucht 26 Jahre später wieder auf, als PR-Stimme für VW-Golf-Cabrios. Ist es Infamie – oder doch eher ein höherer Wink mit dem Alleebaum: Hey, Knusperköpfe, macht's wie Nick Drake, und vor allem: macht's gut? Darf man das so verstehen?

Zwar sind Nick Drakes Lieder keine Aufforderungen zum Freitod, aber wenn man diese schwermütigen, poetischen Abweichungen von der Norm einmal gehört hat, ist die Welt für immer eine andere: brüchig. Da ist kein Netz und kein Fänger, der fängt. Weiter als Nick Drake kann man sich von Lebenstüchtigkeit nicht entfernen; seine Lieder und sein Leben stehen gegen das fettige Gesetz des *survival of the fittest*, und sie stehen da sehr einsam, sehr würdig und sehr ragend.

Zum Soundtrack für Cabrio fahrende Flitzpiepen, für C&A&H&M-Kleiderständer taugen Nick Drakes Lieder gar nicht. Oder sollte die durch Beschwörung ihrer selbst so lästige »Generation Golf« in Wahrheit ein Selbstmörderclub sein? Wollen die jungen Menschen und ihre Werbespotler wirklich Anlaß geben zu solch schönen Hoffnungen? Nick Drake sah es so: »Say what you'll say / About the farmers and the fun / And the things behind the sun / And the people round your head / Who say everything's been said / And the movement in your brain / Sends you out into the rain.«

Liebe, Gott und Dignität

Johnny Cash, der »Solitary Man«, auf Augenhöhe mit dem Master of Life

Ein junger Outlaw sein kann jeder. Zwei, drei wilde Jahre machen sich noch in der angepaßtesten, strebigsten Lebensgeschichte gut. Aber sein Leben nach seinen eigenen Regeln und nach seinem eigenen Ehrenkodex leben, durch den Unrat der Welt waten, alt sein, krank sein, und dennoch nicht zu Kreuze kriechen und klein beigeben, das ist ganz etwas anderes. Das Leben von Johnny Cash legt Zeugnis ab davon.

1994 erschien »American Recordings«, produziert von Rick Rubin. Da stand Johnny Cash, endlich befreit von kitschigen Arrangements und Nashville-Country-Schmalz, allein, eine Gitarre und eine Stimme, und die Stimme hatte mehr Gewicht als die ganze andere Countrymusik zusammen. »I'm like a soldier getting over the war, like a young man getting over his crazy days, like a bandit getting over his lawless ways, I don't have to do that any more, I'm like a soldier getting over the war«, sang Johnny Cash. Der rastlose Mann schien Abstand gefunden zu haben, Gleichmut. Aber dann sang er auch »Got a long line of heartaches, I carry it well, the list of lives I've broken reaches from here to hell«. Da war er wieder, der ewige Sünder, der Unglücksbringer, der düstere Mann in Schwarz. Seine Lieder, ganz gleich, ob von ihm selbst oder von anderen geschrieben, waren die Gebete eines Mannes, der vor seinen Herrn tritt und Erlösung sucht, der nicht um Gnade bittet, der ohne Lüge, ohne Verschweigen und ohne eitlen Bekenntniseifer sagt, was war und was ist, klar und ohne Umschweife, mit einer Stimme, auf der man laufen kann.

»Unchained« setzte die Bilanz fort, Cash sang vom »Southern Accent« und sang »Jesus, Jesus, my love wasn't true, now all I have is you«, und nichts daran war schnulzig oder lachhaft. Sogar dem alten Heuler »Memories are made of this«, sonst nur vom charmanten Leichtfuß Dean Martin zu ertragen, verlieh Cash Wucht und Lebenstiefe.

Im Herbst 2000 schloß Johnny Cash seine Bilanz ab und krönte sie mit »Solitary Man«. So geht das los: »Well, I won't back down, no I won't back down, you can stand me up at the gates of hell, but I won't back down.« Geschrieben hat das Tom Petty, der auch mitsingt – »Hey, baby, there ain't no easy way out, hey, I will stand my ground« –, aber die Substanz ist reiner Johnny Cash, dessen Leben und dessen Stimme den Wörtern eine Schwere und Bedeutung einhauchen, die jeden anderen als Luftikus erscheinen lassen.

Neil Diamonds »Solitary Man«, eine Klage über die vergebene Mühe des Liebens, verwandelt Cash in eine stolze, entschlossene Standortbestimmung: »Belinda was mine till the time that I found her holding Jim and loving him, then Sue came along, loved me strong, that's what I thought, me and Sue, but that died, too. Don't know that I will but until love can't find me and a girl who'll stay and won't play games behind me, I'll be what I am: a solitary man, a solitary man.«

Cash singt über das, was zählt, mit Krempel hält er sich nicht auf, er hat keine Zeit zu verschwenden. Wahrhaftigkeit ist wichtig, Liebe ist wichtig. Die Stimme, dieser unglaubliche Bariton, wird weich und zart und fragt: »Would you bathe with me in the stream of life when the moon is full, would you bathe with me?« Wer da nicht Ja sagt, dem ist nicht zu helfen.

Eine nicht minder große Freude ist es zu hören, daß die Kraft von Johnny Cash noch dicke reicht, um der abgeschleckten, mit all-american Anständigkeit hausieren gehenden Würgmusik von Garth Brooks und ähnlichen Schleimlappen mit dem milde höhnischen und von Cash selbst geschriebenen »Country Trash« gut gelaunt und erstaunlich entspannt eins an die Löffel zu geben.

»Solitary Man« zeigt Johnny Cash auf dem Höhepunkt eines mythenreichen, wahr gelebten Lebens. Er ist auf Augenhöhe mit seinem Gott, aber das würde er selbst wohl nicht so sagen. Im Booklet bedankt er sich beim »Master of Life« sogar noch für die schwere Krankheit, die ihn jahrelang schüttelte, und Demut bringt er auch seinem Produzenten Rick Rubin entgegen: »Thanks to Rick for continuing to believe in me. I don't sound as good to me as he says I do, but I thank him anyway. This album has been a long time coming, and I feel another in there somewhere.«

Beten gehört nicht zu meinen Gewohnheiten, aber dafür, daß Johnny Cash vielleicht noch eine Platte besingt, kann man ganz eigensüchtig auf die Knie gehen.

Das Paradies ist keine evangelische Autobahnkirche

Der Berliner Winterhimmel sieht aus, als hätte es bei Gotts Graupensuppe gegeben, und als hätte Gott den schlierigen Eintopf nicht bei sich behalten wollen. Die Lunge eines Kettenrauchers könnte kaum hübscher sein. Der Sehhilfenträger Wim Wenders aber schwärmt vom Himmel über Berlin - von dem er als Bono-Fan ebensoviel versteht wie von Musik.

Das Zeug über Berlin ist kein Himmel, sondern ein Deckel, der die Stadt verschließt, damit dort niemand auf Ideen kommt und alle immer so weitermachen. Wie Wim zum Beispiel. Wim dreht einen Film über den kölschen Dauerlautsprecher Wolfgang Niedecken, der als singender Kriegsdienstverweigerer begann und sich heute anhört wie Rudolf Scharpings Pressesprecher mit Gitarrenbegleitung.

Es ist immer gut, dem angeblichen Himmel den Hintern zu zeigen und Licht aufzusuchen, das den Namen verdient. In Ligurien gibt es dieses Licht. Kobaltblau schimmert die See und leuchtet der Himmel. Man hockt sich hin, im Kreuz die Seealpen, und die Sonne bäckt alles durch, Körperseelegeist, das ganze Programm. Beinahe könnte man glauben, dem Gemurkse entronnen zu sein, aber das ist natürlich Quatsch. »I'll never get out of this world alive«, singt Hank Williams.

Wie recht er hat, zeigt ein Pärchen, das die Szene betritt. Der Mann ist vom weltweit operierenden Stamm der Vokuhila-Oliba, den es trotz der vielen Witze über ihn noch immer hartnäckig gibt, und sie paßt gut zu ihm. Die beiden kommen, das erfährt man irgendwann, »aus Düsburch«. Anfangs sind sie auf eine brütende Art leise. Sie sind nicht miteinander still, sie schweigen sich an. Wenn man hinhört, ist es brüllend laut

– so laut, wie es wird, als ein weiteres Pärchen aufkreuzt. Endlich können die ersten beiden den Knebel ihrer Ehe abnehmen und richtig loslegen: bramm bramm bramm.

Alles Unglück auf der Welt rührt daher, daß die Menschen nicht Ruhe geben können. Sie können nicht still sein. Ständig müssen sie zeigen, daß sie leben. Daß sie da sind. Daß es sie gibt. Als wäre das unbedingt etwas Wissenswertes. Und als wären Lärm und Gemache ihr einziger Daseinszweck. Genau so ist es auch. »Ich denke mal«, sagt der Mann. Wie viele Lügen enthalten diese drei Wörter? »Ich« ist gelogen, »denke« ist der blanke Hohn, und »mal« ist mal. Dann sagt er noch den Lieblingssatz aller Ausgehöhlten: »Ich hab alles im Griff.« Später steigen sie in ihr Auto. Es ist ein Geländewagen. Ein Jeep. Den braucht man in Düsburch. Düsburch ist wie eine evangelische Autobahnkirche. Man weiß nicht, ob es einen Gott gibt, aber eins weiß man ganz sicher: Wenn es ihn gibt, dann wohnt er nicht hier.

Familie Düsburch ist weg. Es ist still. Nur ein Angler stellt sich ins Idyll. Der Angler als solcher wird oft als ruhiger Vertreter gelobt. Er brüllt nicht und läßt auch nicht Musik wummern. Doch oft ist stilles Wasser einfach nur flach. Der Angler bevorzugt die Stille nicht aus Neigung und Liebe, sondern aus praktischen Erwägungen. Weil er an den Fisch will. Beziehungsweise dem Fisch ans Leben. Mit dem Haken ins Maul. Angeln ist Piercing für Fische.

Die Namen der Spender werden genannt

Ein Messingstück Unsterblichkeit: die bewidmeten Bänke im Zoologischen Garten

Im Zoologischen Garten in Berlin hat das Wort Spende noch einen edlen Klang. »Die Humboldtpinguine sind ein Geschenk von Frau Salomo, Berlin«, liest man auf einer Tafel am Becken der Humboldtpinguine. Niemand, der dabei an Bestechung dächte, an schwarze Kassen, an peinliche Entschuldigungen, an Ehrenwörter und Hochleistungsheuchelei. Denn all das ist bloß Menschenkram. Im Zoo dagegen ist das Tier, das Tier ist Schöpfung, ist naiv, unschuldig und gut, und wer dem Zoo – und damit der Allgemeinheit – so etwas Beliebtes wie einen Pinguin schenkt, wird auch selber ein bißchen beliebt, zumindest bei sich selbst. Im Zoo kann man spenden und muß es nicht verschweigen, hier darf man Gutes tun und das auch zeigen.

Öffentlicher Dank auf einem kleinen, aber nicht zu übersehenden Schild ist dem Spender sicher. »Herr Michael Schrul hat dankenswerterweise die Patenschaft für den Elefanten Pang Pha übernommen.« Auch Geschäftsleute vertrauen auf den Sympathie erzeugenden Charme der Tiere. »Die Eisbären sind ein Geschenk der Firma Möbel Hübner«, heißt es am Eisbärenfelsen; so gute Reklame bringt der Möbel-Discount in seinen Farbanzeigen und Kino-Spots nicht annähernd zustande. Ein paar Meter weiter wird ein offensichtlich aus noch weniger uneigennützigen Motiven handelnder Spender sprachlich stark herabgestuft: »Die Eisbärin ›Tosca‹ erhielten wir von der Berliner Circus Union GmbH.« Zwischen geschenkt bekommen und erhalten liegt mancher Gütegrad; zwar wird auch hier der Spender genannt, aber die sprachliche Differenz legt doch sehr nahe, hier habe ein Zirkusunternehmen ein zuvor kommerziell ausgepreßtes Tier günstig loswerden wollen und werde auch genau so eingeschätzt.

Manchmal sind die Spendertafeln auch unbeabsichtigt lustig. »Die Patenschaft für die Mandschurenkranich-Henne ›Zeitpünktchen‹ hat Zeitpunkte auf Radio Kultur, die Frauensendung von SFB & ORB übernommen.« Wenn öffentlich-rechtliche Frauensendungsfrauen Patinnen werden, dann muß das Patenkind schon weiblich sein, eine Henne halt. Das Delikt heißt Feminismus mit Tieren.

Noch ein weiteres Frauenopfer trifft man im Zoo: Abel Höhler, der sonst von seiner Mutter, der Reitstiefelprofessorin Gertrud Höhler mit dem Ruf-mich-an!-Charme ihre Bücher gewidmet bekommt, kann hier einmal die Peitsche umdrehen. Gemeinsam mit Daniela Noack hat Abel Höhler »die Patenschaft für zwei Amur-Leoparden übernommen«. Zu zweien sorgen für zweimal Amur, das ist romantisch, das ist l'amour. Und wohl auch das Glück, zumindest für Daniela und Abel: Die strenge Gertrud muß draußen bleiben, wenigstens einmal.

Nicht nur Tiere werden gespendet oder durch Patenschaft ernährt. Ein buntes Kachelfeld am Antilopenhaus wurde 1986 von Villeroy & Boch bezahlt. Wie immer bei Nennung dieses Firmennamens fällt einem jener Reim ein, den der Sänger Stefan Stoppok sich auf die Gebrauchskeramiker machte: »Das Klo, zu dem ich kroch / war von Villeroy und Boch.«

Vor allem aber werden Bänke gestiftet, grüne Parkbänke, auf denen der Zoobesucher ausruhen kann. Die Bänke sind mit kleinen Messingschildchen versehen, in die der Name des Stifters hineingraviert ist. »Gestiftet von Frau Ella Runge und Friedel Karweleitis Berlin 44« und »Gestiftet von Walter und Liesbeth Zirnite Berlin 10«, heißt es auf zwei Bänken, von denen aus man Bart- und Kuckuckskäuze betrachten kann. Bequemen Blick auf den Andenkondor ermöglicht eine Bank, »Gestiftet von Frau Else Jäkel Berlin«.

Was ist ein Überfall auf eine Bank gegen die Stiftung einer Bank, hört man den inneren Brecht herumnöckeln, aber der wird ignoriert. Lieber schreitet man bewidmete Bänke ab und liest: »Gespendet von Christa Mrutzek Berlin 61«, »Gestiftet von dem Rentnerehepaar Paul Peters und Frau Erna Berlin 19«. Gibt es einen Unterschied zwischen gespendet und gestiftet? Stiften klingt distanzierter, zweckgebundener, spenden scheint ein etwas persönlicherer Vorgang zu sein. Ist das den Spendern beziehungsweise Stiftern bewußt? Hat es etwas mit der Zugehörigkeit zur sozialen Schicht zu tun? Wird auch auf der bewidmeten Parkbank – hier kommt wieder Brecht hervorgeteufelt – die Klassenfrage wenn nicht entschieden, so doch gestellt und formuliert?

Außer der Stifter- und der Spenderbank gibt es jede Menge Gedenkbänke. »Zum Gedenken an Helene Rogalla 1897–1995 Martha Schröder 1902–1970 Berlin 1997«, und gleich auf jeweils zwei Bänken findet man die Widmungen »Zum Gedenken an Frau Karola Kohl«, »Zum Gedenken an Bruno Knopke Prokurist im Zoo Berlin von 1947 bis 1961« und »In Gedenken an Frau Alice Dobrunz«. Viele Schilder sind verwittert und dunkel angelaufen, manche sind kaum zu entziffern. Auch kleinere gute Taten werden mit einem Messingstück Unendlichkeit belohnt. Auf einer – allerdings schon wieder recht reparaturbedürftig wirkenden – Bank liest man: »Die Restaurierung ermöglichte Erna Prill, Berlin.«

Manche Widmung wirkt besitzanzeigend wie ein Klingelschild: »K. und W. Raeder« heißt es einmal schlicht; der Akt des Spendens oder Stiftens bleibt unerwähnt. Das sieht dann aus wie im Münchner Schumann's, wo einige Gäste ihren Stammplatz ebenfalls per Messingschild ausweisen. Wo beispielsweise Maxim Biller steht, darf nur Maxim Biller sitzen, wenn er darauf besteht. Ob es sich bei Billers Platz in der Bar allerdings um einen Spender-, Stifter- oder Gedenkplatz handelt, hat die Forschung noch nicht herausgebracht.

Auch im Zoo gibt es Bänke mit Friedhofsaura. »Liesel Bräuer 1910–1975«. Da möchte man sich nicht pietätlos hinsetzen, ebensowenig wie auf die Bank »Hans-Werner Kock ›Freundschaft mit Tieren‹«. Hier, so scheint es, hat sich der frühere SFB-Abendschau-Mann Kock ein Denkmal gesetzt. Erinnert sich noch jemand an dieses Sprachrohr aller Bolle-Berliner? Bis tief in die achtziger Jahre war er das, was man heute einen Ankermann nennt. Kock war die Stimme des Rosinenbomber- und Freiheits-Berliners, ungeschlacht und bulldoggig, irreführend auch »Herz mit Schnauze« genannt. Die Bank im Zoo immerhin, die seinen Namen trägt, bleibt leise.

Ortsfremde Jubelberliner haben sich ebenfalls verewigt: »Hildegard Janisch Bonn In Liebe zu Berlin«. Wieviel dezenter doch klingt diese Inschrift: »Gespendet von den Damen Frieda Dronzek und Irmgard Wendt.«

Keine unbewidmete Bank scheint es zu geben im Zoo, aber dann findet man hin und wieder Bänke, die keiner haben will. Sie stehen meist dort, wo es keine oder nur als äußerst uninteressant geltende Tiere zu begneisen gibt. Die Bänke bei den Rosakakadus und den Zwergaras haben kein Schild – und erwecken damit die Vorstellung, frühvergreiste Oberschüler mußten Besinnungsaufsätze über das Thema schreiben, daß die Menschen so wenig übrig haben für Vögel, die man auch in jeder besseren Zoohandlung bekommen kann, und der beste, also der furchtbarste Aufsatz würde mit einem Besuch beim Bundespräsidenten geahndet.

Genauso widmungslos sind die Bänke im Affenhaus und die einfachen Holzstühle vor dem Flußpferdbecken. Dort erfährt man vielmehr, warum Berliner Bier so schmeckt, wie nur Berliner Bier schmeckt: Es wird gebraut aus dem Brauchwasser der Flußpferde. So kommen Schultheiß und Kindl in die Welt.

Das Gros der Bänke aber ist nicht heimatlos geblieben. »Gestiftet von«, »Gespendet von«, »Zum Gedenken an«, und das »Photohaus Leppin« hat in großen Spendierhosen auf gleich vier Bänken Platz genommen. Auch andere Denkmäler gibt es: Einen röhrenden Hirsch mit der passenden Anmerkung »Das Besteigen der Plastik ist verboten« und, sehr versteckt, die Bronze eines deutschen Schäferhundes mit der Widmung: »Dem deutschen Blindenhund. Die dankbaren Blinden Berlins«.

Und Bänke, Bänke, Bänke, für viele Berliner Hintern. Weil die Bänke im Zoo stehen, kann man sich ausdenken, sie seien in Freiheit geboren: wild lebende Bänke, jetzt im Zoo eingesperrt, weil das Überleben draußen immer schwieriger für sie wird. »Erster Zuchterfolg bei Bänken!« jubelt die *B. Z.*, und die Berliner strömen herbei, um die kleine Bank anzusehen und sich am Namensgebungswettbewerb von Mercedes-Benz zu beteiligen: Wie soll das Kleine heißen? Parki? Banki? Oder, ganz berlinisch, jrüne Latte?

Im Zoo ist leicht melancholisch werden. Man ist erfüllt mit der Traurigkeit, deren Quell eine Schönheit ist, die zu groß ist, als daß man sie fassen könnte. Der Anblick der Tiere rührt das Herz und weckt naive Wünsche: Es muß traumhaft sein, als Bonobo im Urwald zu leben oder als Eisbär durchs weiße Leben zu jumpen. Bonobos und Eisbären lassen ihre Namen nicht in Parkbänke hineinschrauben.

Eine Bank im Zoologischen Garten aber trägt eine Inschrift fern aller Eitelkeit und Selbstausstellung. Sie ist schön und schlicht und traurig und kündet, weil sie das Private nennt, ohne es durch Prahlerei zu verraten, von großer Liebe: »In Gedanken an Cornelia«. Man kann von dieser Bank aus den Eisbären zusehen, und wenn man Glück und Geduld hat, zeigen sie ihre genoppten Fußsohlen.

Vom Glück auf dem Land

Wer auf dem Land aufwuchs und von dort floh, weiß, was das Land ist: Idylle = Hölle = Idylle und so fort. Das Landleben hat etwas Geisttötendes, mitleidlos Auslöschendes. Hin und wieder aber tut es der alten Rübe wohl, wenn sie am Wiesengrund gelüftet wird. Denn auch die Großstadt hat verblödende Wirkung; Beweise dafür laufen zu Tausenden herum und sind, sofern sie Bewußtsein von sich erlangen, auf die laute Art stolz darauf. So irisierend das von Herman Brood besungene »Berliner Tempo« mit »Musik und TamTam« auch ist: Ab und zu muß Ruhe einkehren zwischen den Ohren.

Auf dem Land kommt man auf gute Gedanken. Man kann die ruhige Weltkugel schieben und friedvolle Werke tun. Zum Beispiel ein Ameisennest hinter dem Kühlschrank stillegen. Mit Backpulver, denn die alten Hausrezepte sind noch immer die besten. Man läßt ein paar Tüten Backpulver auf die Ameisen herabrieseln und sieht ihnen beim Sterben zu. Es dauert ein bißchen, und es ist nicht so erhebend blutvoll wie ein patriotischer Film – es ist eben die kleine Landversion. Aber die reicht aus, um auf interessante und nützliche Weise in den Tag zu kommen. Man sitzt im Schlafrock neben dem kleinen Ameisengemetzel, trinkt Kaffee und überlegt, wie man es technisch hinkriegen könnte, mit Hilfe von Backpulver auch Atomkraftwerke für immer zu schließen. Sinnloser als Rot-Grün wählen und fleißig beten ist das auch nicht.

Nicht nur Ameisen bedrücken als Plage das Land. Auch die Nacktschnecke macht sich breit. Weich und schleimig kraucht sie auf allen Wegen, fläzt sich fett auf Feuerholz herum und ist nicht einmal eßbar. Im Gegenteil: Die Nacktschnecke wird zur Nahrungskonkurrentin. Schmatzend befällt sie den schmackhaften Pilz, vertilgt den Rotfußröhrling und den Perlpilz, den Steinpilz wie den unter Lärchen wachsenden Goldröhrling, den man auch den Alfred Biolek unter den Pilzen nennt, denn wie dieser schleimt er beim Kochen. Ungenießbares und Giftiges wie den Samtfußkrempling, die Dreifarbige Koralle und den Pantherpilz ignoriert die Schnecke und macht sich frech noch über Riesen- und Safranschirmlinge her. »Toadstools«, also Krötenschemel nennt der pilzängstliche Brite alle Pilze außer den langweiligen Champignons, die er als »Mushrooms« verehrt und verzehrt. In Wahrheit aber lungert auf dem Pilz nicht die Kröte, sondern der Schneck.

Von Schnecken unbehelligt allerdings fand ich eine Kolonie Faltentintlinge. Euphorie ergriff mich. Der Faltentintling ist, jung gegessen, wohlschmeckend, aber das war nicht der Grund für meinen Jubel. Sondern dieser: In Verbindung mit Alkohol ist der Faltentintling richtig giftig. Von Kennern wird er deshalb auch Verwandtenpilz genannt.

Kaum war der Pilzkorb gefüllt, trommelte ich die Verwandtschaft zusammen. Ich holte den besten Roten aus dem Keller. Hier sollte nicht am falschen Ende gespart werden. Die Blase rückte an, komplett mit Kind und Kegel, und ich bewirtete sie üppig. Schwierigkeiten gab es nur, als einige Mütter meinten, die Kinder dürften noch keinen Alkohol trinken. »Ach komm, zur Feier des Tages nur ein Viertelgläschen«, bat ich und zerstreute freundlich alle Einwände. Dem Faltentintling reicht ein Viertelgläschen.

Selbst trank ich keinen Tropfen, nahm aber reichlich von den Pilzen, was sich später, bei der Polizei, als klug erwies. Die Untersuchung meines Mageninhalts wurde mit den dreizehn Obduktionsberichten abgeglichen. Ich durfte gehen und machte mich auf den Heimweg in die Stadt. Das Landleben ist manchmal einfach zu geruhsam.

Portugiesische Abenteuer

Jau jau, Bacalhau, und auch noch Saudade

Heiligabend stand das Christkind in der Tür. Es war knapp über 50, hatte einen hübschen Ranzen und lächelte über das ganze Gesicht. »Wie sieht's aus? Gehen wir was essen?« Vincent Klink füllte die Zimmertür des Tivoli Jardim in Lissabon. Er sah aus wie ein Mönch, der sich gerade gemeinsam mit einer schönen Laienschwester den Bauch vollgeschlagen hatte, aber Stein und Bein schwören würde, daß ihm unter allen Gelübden gerade die des Fastens und der Keuschheit die liebsten und heiligsten seien.

Der Mann hatte im Flugzeug gegessen und war entsprechend hungrig. Auch Frau Aldenhoven, die eben noch madenschläfrig im Bett gelegen und zu den Stimmen eines Abenteuerhörspiels gedöst hatte, wurde schlagartig wach, als sie das Zauberwort hörte. »Essen? O ja!« rief sie, striegelte sich flink wie Jolly Jumper und stand in Nullkommanichts parat. So zog die Heilige Familie los. Frau Aldenhoven war Josef, ich war Maria, Herr Klink war das Jesuskind, und alle hatten wir Appetit.

Wir liefen Richtung Tejo; ich wußte ein kleines Fischrestaurant, in dem ich einmal mit Gisela Güzel einen himmlischen Abend verbracht hatte. Frische Krustentiere hatten wir verspeist, Vinho verde getrunken und dem Koch auf seine Frage, woher wir kämen, erklärt, daß er jeden Berliner, der bei ihm einmal »Jejrillte Jambas, wa!« zu bestellen wagen würde, augenblicklich notschlachten, einpökeln und als Bacalhau, als Stock- und Trockenfisch verkaufen dürfe, denn schlimmer als Bacalhau könne nicht einmal ein berlinernder Berliner schmecken. Da aber unser Portugiesisch aus wenig mehr als

»jao« und »nao« bestand, hatte der Koch unseren Vorschlag ebensowenig verstanden wie die bei Monty Python's Flying Circus entliehene Zeile »Mein Luftkissenboot ist voller Aale!«. Dennoch hatte er uns Aguardiente eingeschenkt, und da wir das portugiesische Wort »chega« (= genug) ebensowenig kannten wie die Landessitte, durch eine eichstrichartige Handbewegung zu bedeuten, daß die Portion ausreichend sei, goß er die Gläser voll bis zum Rand. Es waren große Gläser.

Als sie zum dritten Mal geleert waren, überfiel den Koch die Saudade, die portugiesische Wehmut. Nun mußte ein Fado gesungen werden, ein Lied, das sich gewöhnlich um die portugiesischen Topoi Saudade, Fado und Lisboa dreht und mächtige Sehnsucht nach noch mehr Sehnsucht auslösen soll. Wir wurden gebeten, ebenfalls etwas zu singen. »Der Portugiese / ist kein Riese«, begann Gisela Güzel mit Siebenjährigenstimme, und ich stimmte ein Matrosenlied an, das dem Volk der tapferen Besegler der sieben Meere gefallen mußte: »Ja, wer das Schifferklavier an Bord erklimmt, der wird ganz bestimmt ein Portugiese sein ...« Der Koch, ergriffen bis hinab zu seinen hochhackigen Schuhen, nickte und weinte; seine Tränen waren reines, ehrliches Aguardiente. Von den Wänden kam ein Echo zurück: »giese sein, giese sein ...«

Dann hatten wir die Pensao aufgesucht, das Zimmer gefunden und stürmisch betreten. Als ich mich im Bad nur leicht auf das Waschbecken stützte, denn Stützung brauchte ich, hatte ich auf einmal - ich kann es mir bis heute nicht erklären - das Waschbecken in der Hand. Aus der Wand spritzte ein mächtiger Wasserstrahl; flüchtend sprang ich, das Waschbecken in der Hand, auf den Rand der Dusche und rief um Hilfe. Frau Güzel kam auch sofort gelaufen, half aber nicht gleich, sondern mußte erst losprusten und Beweisfotos machen. Schließlich holte sie doch die Wirtsleute, denen wir das Mißgeschick und vor allem meine gänzliche Unschuld daran sehr schön und gestenreich erklärten.

Bidet und Pessoa

Im Austausch gegen das kompetent überschwemmte Zimmer erhielten wir ein frisches. »Verwüsten! Verwüsten!« kicherte Gisela Güzel albern; ich lächelte etwas gequält, doch die freundlichen Wirtsleute, die nicht einmal theoretisch ahnten, was »verwüsten« bedeutet, nickten aufmunternd. Dies mußte wohl Frau Güzel mißverstanden, ja in den falschen Hals bekommen haben; jedenfalls leerte sie diesen Hals schon bald komplett aus, und das tragischerweise ins Bidet.

Ins Bidet brechen geht gar nicht. Bidet bedeutet Zivilisation. Als die Deutschen, die damals Germanen hießen, noch in jene dunklen Wälder schissen, in die Hitler und seine Leute sie ein paar Jahrhunderte später wieder zurücktrieben, und sich ihre schmutzigen Hintern mit fauligem Laub abwischten, saß das als gottlos geschmähte Morgenland auf dem Bidet und wusch sich vorbildlich untenrum: Möse, Schwanz, Analfalte, alles. Über die Mauren kam das Bidet nach Spanien und Portugal. Der Siegeszug des Bidets aber endete am Rhein; nicht wenige Erben der Germanen glauben noch heute, in einem Bidet wüsche man die Füße.

Und in dieses kulturelle Kleinod unter den sanitären Anlagen hatte Gisela Güzel hineingebrochen! Sie war untröstlich; ach, wäre es doch nur das Handwaschbecken gewesen! In ein Handwaschbecken, für viele männliche Hotelgäste ohnehin nicht viel mehr als ein besseres Urinal, darf man ruhig einmal hineinbrechen. Ich habe vor Jahren in Wien in ein Handwaschbecken hineingebrochen; unbeabsichtigt zwar, aber in ein fremdes – in das von Harry Rowohlt, der mir darüber hinaus wenige Minuten zuvor das Leben gerettet hatte. Aus einem Lokal voller Haider-Anhänger mit Schäferhunden, in das wir unserer Abneigung gegen moderne Szenekneipen wegen versehentlich geraten waren, hatte mich Harry Rowohlt herausgeschleppt und in sein Hotelzimmer gebracht; im Gegenzug göbelte ich ihm ins Waschbecken. »Und das ist der Dank!« mag er gedacht haben, fragte aber nur: »Warum brichst du nicht ins Klo? Das ist doch direkt daneben.« Woraufhin ich, so erzählt es jedenfalls Harry Rowohlt, blutunterlaufenen Auges und mit dem Handrücken den Mund mir wischend ihm geantwortet haben soll: »Das mache ich dann als nächstes voll.«

Frau Güzel und ich säuberten das Bidet, so gut es eben ging, ließen anderntags viel Geld im Zimmer und verschwanden heimlich, still und leise. Nach dem aus der Wand gehebelten Waschbecken auch noch ein mißbrauchtes Bidet zu gestehen, brachten wir einfach nicht fertig.

Auf der Suche nach ähnlich schönen Abenteuern waren nun Frau Aldenhoven, Herr Klink und ich in Lissabon unterwegs. Doch die Stadt war geschlossen, so sehr wir sie auch durchquerten. »Hügelig ist Lissabon, die Wade wird ganz stramm davon«, ächzten wir. Aus der Puste geraten, fuhren wir ein bißchen mit der Elektrischen, jener schnittigen Straßenbahn, die so matchboxautoartig in die Kurven geht, daß man nicht glaubt, die nächste Biegung zu überstehen. Es gelingt aber immer.

Eines aber gelingt nicht: an Heiligabend in Lissabon etwas Eßbares aufzutreiben. Die dreieinhalb Menschen, die außer uns an diesem kaltwindigen Abend unterwegs waren, blieben ebenso stumm wie das bronzene Standbild Fernando Pessoas. Auch der Dichter konnte der kleinen Heiligen Familie nicht helfen. Nach drei Stunden endlich fanden wir ein Lokal, in dem alle Verlorenen der Stadt zusammengewürfelt hockten; vielen von ihnen waren die Strapazen eines langen Fußmarsches anzusehen. Bei der Kaschemme handelte es sich um einen tristen Glutamat-Chinesen, der verbrannte Speisen, fuseligen Wein und holländisches Verbrecherbier verkaufte. Vincent Klink, unser Jesuskind, nahm es sportlich biblisch und warf alles Angebotene freudig in sich hinein. Konnten Josef und Maria da zurückstehen?

Das gekreuzigte Kaninchen

Am ersten Weihnachtstag entriegelte sich Lissabon; die Gasthäuser öffneten ihre Pforten. Vergessen war die nächtliche Glutamatvergiftung; nun ging es daran, die Stadt mit Nase und Zunge zu entdecken. In dieser Disziplin kann man getrost Vincent Klink den Vortritt lassen. Nüstern geöffnet und Lippen gestülpt, schob dieser gottvolle Mann los und schloß die Sinne auf. Es ging durch diverse Cafés, allesamt ganz alltägliche Süßspeisenparadiese; besonders als Insasse der Kuchenprovinz Berlin kann man allein deshalb schon neidisch werden auf die glücklichen Bewohner Lissabons.

Nachdem wir unser Schicksal ausgiebig in unsere Kaffeetassen hineingeweint hatten, wurde Herzhafteres angesteuert. Eine Kaninchenbraterei erweckte besonderes Entzükken – nicht nur durch die Düfte, die dieses Lokal großherzig verströmte, sondern auch durch starke visuelle Reize: Die Kaninchen auf dem Grill sahen allesamt aus wie der Gekreuzigte. Zehn, zwölf, fünfzehn Jesusse (oder sagt man: Jesi?) lagen nebeneinander auf dem Grill wie eine rustikale Vorwegnahme der Pop-Art Andy Warhol'scher Prägung, aber olfaktorisch dessen Campbell's Tomato Soup himmelhoch überlegen.

In dieses Lokal ging es stracks hinein. Brot, Butter, Thunfisch- und Sardinenpasten und grüner Wein kamen auf den Tisch, und was die Köche getan hatten dem geringsten unter Jesu Brüdern, das hatten sie wohl getan. Der kannibalische Ursprung christlicher Weltanpinselung – mein Blut, mein Fleisch, gegeben für euch – wurde nicht als spröde Oblate visualisiert, sondern als gekreuzigtes Kaninchen. Die tragende Säule des christlichen Abendlands wurde bekuckt, berochen, beschmeckt, angefaßt und durch Verzehr aus der Welt geschafft. So kann die Jesus-Meise, eine arge Zivilisationskrankheit noch immer, behoben werden: einfach wegspachteln. Und in Form des gekreuzigten Kaninchens sorgt Jesus erstmals in seinem an Länge selbst den aus purer Bosheit 123 Jahre alt gewordenen Ernst Jünger weit übertreffenden Leben für sinnliche Genüsse. Wer hätte das gedacht? Christus selbst sicher nicht.

Dergestalt gestärkt an Körper, Seele und Geist, schritten wir munter aus zum Hafen, setzten mit der Fähre über den Tejo, kletterten in einen Autobus und ließen uns von der rasanten Fahrweise des portugiesischen Busfahrers beeindrucken. Denn der Portugiese hat nicht nur schöne Kacheln an der Wand – er kachelt auch selber gerne, was die Karre hergibt, und der Fußgänger als solcher gilt ihm nichts. Nirgends sonst in Europa gibt es so viele Fußgänger unter den Verkehrstoten wie in Portugal. Besser also, man sitzt im Bus und kann durch die Fenster beobachten, wie der Fahrer Fußgänger schon aus großer Entfernung anpeilt und dann Jagd auf sie macht. Doch läßt sich auch der portugiesische Fußgänger nicht ohne weiteres erlegen, sondern ist ein Meister in der Kunst des Wegspringens in letzter Sekunde.

So verging die Zeit wie im Fluge, bis wir den weihnachtlichen Strand Lissabons betraten, um ein Fischrestaurant aufzusuchen, in dem ein Wirt residierte, der wie der ältere Bruder des Sängers Demis Roussos aussah, sein brummendes Lokal allerdings nicht mit Eunuchengesang, sondern mit den Klängen einer Wersi-Orgel akustisch verschmierte. Seine Kellner, bollerig gebaute ältere Herren mit desillusionierten Gesichtszügen von der skeptischen Schönheit Lino Venturas, verfügten indes über die Gabe, in Seezungen zu sprechen, was den teppichartig aussehenden Wirt samt seiner Musik rasch vergessen machte.

Nenn' den Atlantik niemals Lutscher

Eine freundliche Seezunge im Bauch, stiefelten wir retour. Nun galt es, dem Tag mit einer Portion Aguardiente eine letzte Rundung zu geben. Dazu wurde eine Nachtkaschemme aufgesucht, die erlesene Tristesse ebenso bot wie Getränke zu ihrer Betäubung. Ruhig und stickum saßen wir an einem Tisch, jemand klimperte auf einer nur noch dreisaitigen Gitarre. Die Welt schimmerte matt in jenem leicht schäbigen Glanz, der ihr so ausgezeichnet zu Gesicht steht. Doch hatten wir nicht mit Doktor Fado gerechnet, einem jungen Mann aus Köln, der plötzlich wie aus dem Nichts auftauchte. Seine bürgerliche Existenz unter dem Namen Björn Blaschke hatte er für einige Zeit an den Nagel gehängt. Jetzt stand er tatendurstig im nächtlichen Lissabon.

Zunächst aber machte er den ganz regulären Durst nieder. Wie bei allen Menschen, die zu lange in Köln gelebt haben, wurden auch bei ihm die entsprechenden Vorgänge mit Anfällen von Fröhlichkeit flankiert. Bezechte Fröhlichkeit aber ist unportugiesisch; hier ist die Fähigkeit zur Schwermut gefragt, Saudade, Fado, der sehnsüchtige Blick auf einen fernen, unerreichbaren Punkt. Herr Blaschke, trotz seiner Jugend ein einfühlsamer Mann, erwies sich als flexibel und legte den Kippschalter um. »Quiero cantar um Fado!« jaulte er unvermittelt los – und hatte mit dieser seltsamerweise hoch authentisch klingenden Phantasiesprache aus Spanisch, Portugiesisch und Quatsch Erfolg.

Ein älterer Mann, der bis dahin vorbildlich stoisch und still große Portionen starken Getränks in sich hineingefüllt hatte, näherte sich unserem Tisch und begann zu sprechen. Das war keine gute Idee. »Fado?« kam es heiser aus seiner Kehle; Herr Blaschke aber fühlte sich gepinselt und stimmte abermals seinen Gesang an: »Quiero cantar um Fado!« Damit hatte er den Portugiesen entfesselt, der seinem Mund allerlei Zischlaute entweichen ließ, wobei ein zusammenhängender Text ebensowenig zu ermitteln war wie eine Melodie. Es klang schauerlich. Der Wirt griff ein und wollte den Sänger stoppen; der aber verwies mit Recht darauf, er sei von Herrn Blaschkao um einen Fado gebeten worden. Ob das wahr sei, fragte der Wirt drohend; wir alle schüttelten ebenso heftig wie heuchlerisch die Köpfe, zahlten und verließen das Lokal.

Doch der Sänger blieb uns treu. Kaum hatten wir uns in einem anderen Gasthaus niedergelassen, stand der aphone Mann an unserer Seite. Er schulde uns noch einen Fado, bedeutete er uns und hub erneut das Röcheln an. Unseren Fluchtversuch erkannte er instinktiv und vereitelte ihn, indem er bedeutungsvoll seine Papiere auf den Tisch pfefferte. Es erwies sich, daß der Mann ein stellungsloser Maler war, geboren am 20. April. Einen kleinen Schnurrbart hatte er auch, rhetorisch war er eine Null, die Musen hatten ihn niemals geküßt, kurz: Wir hatten Anlaß, das Schlimmste zu fürchten, einen Wiedergänger des albernen Adolf, geweckt ausgerechnet von Herrn Blaschkes Bedürfnis nach einem Fado. Bevor Lissabon in Schutt und Asche gesungen werden konnte, verließen wir die Stadt.

Die Flucht gelang. Herr Blaschke wurde zur Sühne zum Fahrwart bestimmt. Während die Portugiesen um uns herum auf Fußgängerjagd gingen, wurde Herr Blaschke zu permanenter Bremsbereitschaft verurteilt und hatte zu fahren wie ein Mann mit Hut. Er tat dies ohne Murren, doch als er wegen seiner ihm aufgezwungenen Fahrweise als »Opa« beziehungsweise »Opa Strolchi« verspottet wurde, traf ihn das tief.

Wie tief, erfuhren wir erst am Atlantik. Kaum standen wir vor den Wellen, die zunächst eher gemäßigt plätscherten und glucksten statt, wie von uns ersehnt, ordentlich zu tosen, packte der frühere Student der Islamwissenschaften seinen Fundus an Schimpfwörtern aus. »Lutscher!« und »Schwuchtel!« ging das los, ich stimmte ein, der Atlantik wurde als

»Badewanne!« und als »Weichei!« verhöhnt, als »Ungewaschener Eselspimmel!« und, tödlich, als »Mittelmeer!«. Das fand der Atlantik gar nicht komisch. Als wir unter den Augen einiger Dutzend geriatrischer Briten, die kühl und distanziert Wetten auf unsere Überlebenschancen setzten, in den Atlantik sprangen, wo wir unseren Spott noch fortsetzten, schickte uns der Atlantik Wellen wie Shatterhand'sche Jagdhiebe, trat uns die Beine weg, ließ uns Salzwasser schlucken und prügelte uns windelweich. Erst nachdem Herr Blaschke jede Beleidigung einzeln und ausdrücklich widerrufen hatte und wir gelobten, zur Sühne Bacalhau zu essen, spie uns der Blaue Bruder, wie wir ihn jetzt respektvoll nannten, blutend, zerschunden, halb ertrunken und unter den reglosen Augen britischer Senioren an Land.

Wir aber mümmelten noch am selben Abend kleinlaut Bacalhau, die in Ligurien Stockafissa geheißene, faulig müffelnde und kaum schluckbare miegige Salzbrockenstrafe, mit der das Meer all jene züchtigt, die seiner nicht achten.

Kassettchen hören: Wie alles anfing

Zum vorgelesenen Buch habe ich ein innigliches Verhältnis. Meine Eltern lasen ihren Kindern vor, Wilhelm Busch zum Beispiel, »Tobias Knopp«, und weil Kinder konservativ sind, reaktionär und redundant, mußten die Eltern das immer wieder tun, und wehe, sie ließen zum Versuch der Zeitersparnis einen der köstlichen Verse aus. Dann war das Gemaule groß, nein, immer wieder genau so wie vorher und wie immer, hieß die Zauberformel für das Kinderglück der Regression.

»Tobias Knopp« ist bis heute eins meiner liebsten Bücher, und viele der lebensnützlichen Reime sind als Wort quasi Geflügel geworden: »Wie erschrak die Gouvernante / als sie die Gefahr erkannte«, »Schwierig, aus verschiednen Gründen, / ist das Schlüsselloch zu finden«, »Dies ist Debisch sein Prinzip / oberflächlich ist der Hieb / Nur des Geistes Kraft allein / schneidet in die Seele ein.« Irgendwann schaffte mein Vater ein Tonbandgerät an. Von da an wurden Geschichten auf Band gelesen, Kästners »Emil und die Detektive«, Grimms Märchen, und mein Vater trommelte sogar den Rhythmus der Serie »Fahrt ins Abenteuer« auf Band und pfiff die Melodie dazu. Es war ein Glück, krank zu sein. Man bekam das Tonband neben das Bett gestellt, und Daddys Stimme las vor.

Etwa 20 Jahre lang hörte ich keine Bücher mehr, sondern las sie lieber leise selber. Dann trat das Hörbuch mit Macht in mein Leben. Ich verliebte mich. Als die Liebe nach der dafür festgesetzten Frist vom Hormonischen ins Harmonische schwenkte, zerrte mich die Schönheit nicht, wie es sonst gern gemacht wird, vor den Fernsehapparat. Sondern sah mich hold an und fragte: »Na – Kassettchen hören?« Ich nahm an, und das war mein Glück. »Glück hat auf Dauer nur der Süchtige«, hat Wolfgang Neuss gekalauert – im Fall der Kassettchensucht stimmt das. Es ist so beruhigend, sich nachts in den Schlaf lesen zu lassen. Man holt sich ein mehrstündiges Hörspiel, Umberto Ecos »Der Name der Rose«, Tolkiens »Der Herr der Ringe« oder »Der Meister und Margarita« von Michail Bulgakow, und man hat lange etwas davon, denn natürlich schläft man beim Klang sonorer Männerstimmen zügig ein, und am nächsten Abend geht die Sache von vorne los. Bis man mit einer größeren Hörspielproduktion durch ist, kann ein Jahr vergehen, und jedesmal wieder hört man Dinge, die man bis dahin verschlief. Hört man die Kassette einmal tagsüber und wach, ist das Hörspiel plötzlich ein ganz anderes.

Einschlaftauglichkeit ist eins der wichtigsten Kriterien des Kassettchens. Klirrende, sinnlos schluchzende Stimmen wie die von Corinna Kirchhoff trüben das Vergnügen ungemein. Das Hörspiel steht und fällt, wie auch das Hörbuch, mit den Stimmen der Sprecher. Ich habe meinen Vater im Ohr, wie er das Märchen »Sechse kommen durch die ganze Welt« liest, und stelle fest: Gegen Otto Droste sehen viele Leseprofis ziemlich alt aus. Christian Brückner, so klasse und so viel er liest, kann eben nicht überall sein. Dennoch wird der Kassettchenstapel neben meinem Bett immer größer, und unterwegs habe ich einen kleinen Kassettenrecorder dabei, der noch dem fiesesten Hotelzimmer die Trostlosigkeit nimmt. Licht aus, Kassettchen an: humm humm humm.

Die sehnigen Hände des Dr. Dindic

Ein Roman aus der Welt der Schönen und Reichen

Grazil durchmaßen die Schritte von Dr. Dindic die hohen Räume seiner großzügig eingerichteten Stadtklinik. Der Schönheitschirurg hatte es weit gebracht – nur Mitglieder der nehmhaftesten Familien des Landes begaben sich in seine Obhut. Versonnen umklammerten die sehnigen Hände des schlanken Restjugoslawen eine luxuriöse Zigarette der Marke Simon Arzt.

Elegant inhalierte der Mediziner. Was sollte er nur mit der alten Vettel machen, die sich ihm auf den Operationstisch gedrängt hatte? Dindic lachte. Am liebsten hätte er sie in kleine Würfel geschnitten und in ausgelassener Butter angedünstet. Der Gedanke erfüllte ihn mit Freude: ausgelassene Butter, ausgelassener Speck, ausgelassenes Ich! Denn ausgelassen wäre auch er gewesen, wenn er sie an seine anderen Patienten verfüttert hätte. »Chiär!« hätte er gesagt und jenen fingerdicken südosteuropäischen Folkloreakzent aufgetragen, den seine deutschen Kunden so liebten. »Ist läkkär! Ist ungarischä Nationalspeisä! Odär slowännischä? Fumpf Marrk egall!« Alle hätten sie beherzt zugegriffen und »Aaah!« und »Oooh!« und »Köstlich!« geschmatzt vor lauter eingebildeten Wonnen.

Verträumt griff Dindic zu seinem Lieblingsskalpell, das er stets bei sich trug, an einer Kette um den Hals. Es war das Skalpell seiner Mutter. Sie war eine berühmte Ärztin gewesen; mit diesem Skalpell hatte sie an sich selbst den Kaiserschnitt ausgeführt, der Dindic das Leben geschenkt und sie das Leben gekostet hatte. Erst zwanzig Jahre später, auf dem Totenbett, hatte ihm sein Vater die Geschichte seiner Geburt erzählt – und ihm das Skalpell in die Hand gedrückt. Es hatte sehr weh getan.

Schmerz und Kummer drohten erneut, ihn zu übermannen, doch der Gedanke an die bevorstehende Operation zauberte ein jungenhaftes Lächeln in das abgespannte Gesicht der auch international anerkannten Kapazität.

Aber es ging nicht! Er durfte dem Ruf seines Herzens nicht folgen. Denn Marika Rökk hatte Geld – viel Geld, das er, Dindic, so dringend brauchte. Wegen Elena, seiner Tochter, die es einmal schlechter haben sollte als er. Das hatte Dindic bei ihrer Kommunion feierlich geschworen! Elena jedoch war clever und hatte jetzt schon Vorsprung. Sie hatte reich geheiratet und reich geerbt, und das bereits fünf Mal. Mit 23! Fünf steinreiche alte Schmachtsäcke hatte Elena bisher unter die Erde gebracht und ausgenommen, und der sechste war in Arbeit: Johannes Heesters, der 1941 in Dachau für KZ-Wachmannschaften aufgetreten und auch deshalb noch heute ein beliebter Mann war bei den Deutschen.

Tiefe Abscheu und väterlicher Stolz verbanden sich in den edel geschnittenen Zügen des Star-Mediziners zu einer reizvollen Melange.

Vor ungefähr 30 Jahren – Dindic war damals ein junger Mann gewesen – war ihm Marika Rökk zum ersten Mal begegnet. Im Fernsehn, in einem Werbespot für eine aus allerlei Föten zusammengerührte Schönheitscreme namens Hormocenta. Der Anblick hatte ihn tief erschüttert. »Das Geheimnis meiner Jugend heißt Hormocenta!« hatte die blaugeäderte Untote, die so gerne der blaue Engel gewesen wäre, behauptet. Diesen Anblick hatte Dindic nie vergessen können. Nur deshalb war er Schönheitsoperateur geworden: damit so etwas nie wieder geschehen konnte. Etwas wie Marika Rökk durfte nie wieder von irgendeinem Boden ausgehen!

Und jetzt warf die alte Schnepfe sich ihm auf den OP-Tisch und einen Koffer voll Geld daneben. »Bin ich nicht schön?« hatte sie gefragt – rein rhetorisch. Marika Rökk brauchte keine Antworten – sie war die Antwort auf alle Fragen, zu denen sie je imstande gewesen war. »Ich habe dafür Sorge getragen, daß ich rundherum Sonne habe«, hatte sie stolz gesagt – in der *Zeit*, in der Ausgabe zum Jahrtausendwechsel. Dindic sah Marika Rökk für Joseph Goebbels tanzen, der tausend Jahre lang ihre Sonne hatte sein sollen und es dann zwölf Jahre lang gewesen war. Vornehm faßte der Chirurg einen Entschluß. »Ich lasse dich gewinnen, Elena«, murmelte der Frauenschwarm halblaut. Er rief in der Klinikküche an. Dann ergriffen seine sehnigen Hände das Skalpell, das ihm so viel bedeutete. »Für dich, Mutter!« hauchte er. »Und für mich. Und überhaupt.« Gemessenen Schrittes begab er sich in den OP. Er hatte noch etwas kleinzuschnippeln.

Das Ausflugslokal rollt

»Deutschland ist schön - wir zeigen es!« So steht es auf Millionen von Ansichtskarten. Wahr wird es, wenn man Deutschland durchquert und dabei Ansichtskarten schreibt. Im Speisewagen der Bahn.

Der Speisewagen zischt durch Land und Zeit und zerschneidet beide in übersichtliche Häppchen. Dabei kann man sogar noch ein Häppchen essen. Man muß kein Ziel mehr erreichen, man ist schon am Ziel. Das Ausflugslokal rollt.

Mulmig wird es, wenn der Zug anhält. In Parchim. In Minden. Was will man da finden? In Darmstadt. In Pirmasens. Stop making Pirmasens! Der Zug rollt weiter, die Namen verlieren ihren drohenden Klang. Wenn man im Speisewagen hindurchfährt, ist Deutschland schön. Man darf bloß nicht den Fehler machen und aussteigen.

Einfach immer nur fahren, fahren, fahren, sich dem Rattern und Schlingern des Zuges überantworten, der Freundlichkeit des Speisewagenpersonals und dem Plappern der Passagiere an den Tischen. Genau zuhören kann tückisch sein: Mitleidlose Menschen gießen ihren Daseinszustand auf unschuldige Mitreisende aus. Dabei gilt doch speziell beim Essen die schöne Regel: Wem der Mund voll ist, der muß nicht sprechen. (So gesehen ist eine Einladung zum Essen möglicherweise immer auch die charmant formulierte Aufforderung, die Schnütt zu halten.) Mit etwas gutem Willen und dem trinkbaren Macon aber, der im Speisewagen ausgeschenkt wird, versinkt man im undefinierten, wabernden Geräusch. Wenn man die Augen schließt, ist es beinahe wie Brandung. Öffnet man sie, schimmern die Tischlämpchen warm und gelb. Im Speisewagen gibt die Frage der Fragen für eine Weile Ruhe: Was tue ich hier ...?

Eine Nacht in der Ampütte

Die Ampütte in Essen ist ein Lokal, in dem der schlimmste Hunger gestillt wird, der Nachthunger. »Kohldampf! Abfüttan! Ampütte!« schallt es morgens um drei durch den Stadtteil Rüttenscheid. Schön noch die Plautze voll mit Warm! Und nicht zu McDumpfig, dem Hauptquartier der Essener Polizisten und sonstigen Kleinkriminellen. Sondern: in die Ampütte.

Hier bekommt der Besucher unter anderem »pikantes Goulasch« geboten – aber das ist für Fortgeschrittene, die eine neue Sportart ausprobieren wollen: Eating beziehungsweise sogar Extrem-Eating. Also muß der Gast lernen, Pils und halben Hahn mit Pommes zu lieben; es bleibt ihm auch gar nichts anderes übrig. Mancher allerdings packte das in der Friteuse ertränkte und zerbrutzelte, fetttriefende Halbtier auch schon mit bloßen Händen und wrang es über einem großen Steingutaschenbecher aus, bis das Fluppengrab randvoll und das Hähnchen einigermaßen entfettet war. Um es dann trocken zu verschlingen, während der »Koch« sich nennende Unhold daneben stand, mäßig interessiert zuschaute und am Ende grunzte: »Ah ja. Geht doch!« Ein ehemaliger Freund selig aber, der in der Ampütte einmal die sogenannten »frischen Muscheln« bestellte, wand sich nur drei Stunden später in rasendsten Schmerzen. Er rief den Notarzt an und wimmerte sein Problem durch den Hörer. »Muscheln?« fragte der Arzt. »Wo haben Sie die gegessen?« – »Ampütte!« ächzte der Gequälte. Der Arzt schwieg verdächtig lange – um dann zur finalen Ferndiagnose zu schreiten: »Ampütte? Dann kann ich nichts mehr für Sie tun.« Und legte anschließend für immer auf.

Manchmal wird der Gast aber auch Zeuge, wie in der Kaschemme unvorstellbar zarte Bande geknüpft werden durch bonobohafte, vorbildlich freundliche Darreichung dieser Verneinungen von Speise. Sogar inmitten des Garküchen- und Friteusensumpfs kann Glück überleben. Mit angehaltenem Atem sieht man, wie ein verliebter junger Mann einer schönen Frau in einem Akt tiefer, wahrer Zuneigung eine der gefürchteten Ampütte-Frikadellen anbietet. Sie, im Gegensatz zum jungen Mann um die Heimtücke dieses Geschenks wissend, nimmt es dennoch ernsthaft und huldvoll entgegen. Man erlebt einen der raren Momente, in denen eine noble Geste die schäbige Wirklichkeit überwindet - zumal die gnädigen Mächte der Romantik und des Senfs sogar diese Frikadellen gut ausgehen lassen. So gütig, so himmlisch kann sie sein, die Welt des Essens.

Aber auch die Aufkündigung der Liebe nach Art des Hauses erlebt der Nachtgast. Ein trunkenes Pärchen am Tresen streitet; sie hat genug und will deshalb gehen, er hat mehr als genug und will deshalb unbedingt bleiben: Das ist der Unterschied zwischen Männern und Frauen. Sie quengelt, er nöckelt, irgendwann drückt er seinen Hirnschwamm aus, grob und in der reformierten Grammatik des Ruhrgebiets: »Dann geh doch ßu Hauße, du Scheiße!«

Etwas später erklingt, wie jeden Morgen, das Rausschmeißerlied: »Gute Nacht, Freunde«, in der Version von Inga und Wolf. Die Ampütte, Trost der Ungetrösteten, schließt die Pforten der Wahrnehmung.

Wärter, Pfähle, Pharma

Zehn Jahre kulinarische Wiedervereinigung

Als ich zum ersten Mal etwas aus der Zone aß, hatte mein Magen nichts zu lachen. Auf dem Weg nach Roskilde vertilgte ich 1986 auf einer Transit-Raststätte eine Brühwurst, die aus Zinkoxyd oder Cadmium gewesen sein muß. Vier Tage lang kam der metallurgische Geschmack zurückgekrochen, lief heiß und britzelnd die Speiseröhre hoch, und tagelang durfte ich sicher sein, daß Gaumensegel und Gaumenzäpfchen magnetisch waren. Kein Schnaps half gegen den Gießereigeschmack, keine Senf- und keine Essigkur – allein die Zeit heilte diese gastrologisch schwärende Wunde.

Die Zone war eine tiefe Sünde wider die Güte allen Lebensmittels. Als Honeckers Cordhütchensozialismus an sich selbst erstickte, lagen die Sättigungsbeilagen noch auf den Tellern. Und blieben dort lange kleben – um, aus Rache und Bosheit, an neugierige Westler verfüttert zu werden, die arglos und freundlich in die Zone reisten und dort dezent auftraten als Verneinung des Klischees vom angeblichen Besserwessi. Es half ihnen gar nichts. Eiskalt wurden sie im Osten zum Westkurs in schmierige Verschläge getan und mit den Essensresten des Restsozialismus beköstigt. Zu einer Gastronomie, die dem Wort Dünnsäureverklappung eine ganz neue Dimension gab, kam eine sprachliche Verwüstung, die den humorresistenten unter den Zonis immerhin unfreiwillige Komik abtrotzte: 1991 bekam ich im Osten an einem Tag hintereinander »Scholle Finkenwärter Art«, »Westpfählischen Pfefferpotthast« und »Pharmaschinken« angeboten. Das war nicht nur Ahnungslosigkeit; hier offenbarte sich die kulinarische Grundauffassung eines

Landes, in dem jedes Restaurant jeden Tag die gußeiserne Regel festklopfte: »Hier Kellnerbereich - Sie werden plaziert!«

Wärter, Pfähle, Pharma, das war der heilige Dreisatz der DDR. Wie das Land schmeckte und roch, so lag es herum, und es hat sich vom Rostbrätel- und Fettlettenterror noch nicht erholt. Sie aßen sogar Döner Hawaii - kroß gebrutzeltes Schweinefleisch mit Dosenananasstückchen. Sie futterten es freiwillig, spülten mit ätzwirksamen Spirituosen nach und, was viel schlimmer war: Sie boten es fremden Menschen zu essen an. Wer so etwas tut, ist kein Gastgeber.

Was nicht zusammengehört, das soll auch nicht zusammen essen.

Neu: jetzt 11% niedrigere Instinkte!

Wenn man mit Vornamen Heinz heißt, ist das weder besonders toll noch besonders tragisch. Wenn aber der Nachname Ketchup ist, wird die Sache bedenklich.

Heinz Ketchup ist ein aufdringlicher Mann, der sich gern auf möglichst großen Plakaten sieht. Dabei versucht er zwanghaft, lustig zu sein; daß es ihm stets mißlingt, macht ihm nichts, wenn er nur gesehen wird. Der bislang peinlichste Versuch von Heinz Ketchup, Reklame für sich zu machen, geht so: Heinz Ketchup bezeichnet sich selbst als »Schampus für Würstchen«.

»Schampus für Würstchen« - es ist nicht zu singen und nicht zu sagen. Erstens sollte jeder, der ohne Not das Proleten- und Aufschneiderwort »Schampus« im Munde führt, von der zähen Last seiner Existenz befreit werden; dasselbe gilt übrigens auch, wenn er sich eine Caipirinha als »Caipi« bestellt oder Restaurants »Restos« nennt. Zweitens fragt man sich: Wer ist mit Würstchen gemeint? Tatsächlich die Erzeugnisse aus feingemahlenem Fleischabfall, die in einen Darm gekippt und später als Bock zur Bratwurst gemacht werden? Oder sind die eigentlichen Würstchen nicht die Auf- und Wegesser dieser Erzeugnisse?

Dennoch habe ich mir Heinz Ketchup gekauft. Wegen der niedrigen Instinkte. Weil ich manchmal Dinge tue, von denen ich hinterher sage: Das war ich gar nicht. Das war nicht Doktor Droste, das war Mister McDonald's. Obwohl ich McD meist noch verhindern kann. Wenn eine Burger King-Filiale in der Nähe ist. Burger King ist die etwas kleinere Sünde. Wieso das? Die Hamburger dort sind doch größer als bei der Konkurrenz. Stimmt. Aber es gibt weniger Burger King-Filialen als McDonald's-Stinkbombenverkaufsbuden. Deshalb ist Burger King nicht ganz so schlimm.

Minutenlang geht man vor Burger King auf und ab. Man will nicht. Man will. Man will lieber nicht und eigentlich doch. Man verliert. Man verliert fast immer gegen die Saubande. Und schleift einen Mann namens Fleisch Brocken nach Hause. In einer braunen Papiertüte. Heimlich. Asozial. Man fühlt sich von sich selbst ertappt.

Zu hause wartet Heinz Ketchup. Heinz Ketchup ist der Kumpel von Fleisch Brocken. Die beiden gehen so richtig aufeinander kaputt. Die brauchen und bedingen sich. Die stehen aufeinander und ineinander. Heinz Brocken und Fleisch Ketchup, meine niedrigen Instinkte.

Wer schwappt, rumort nicht

Eine Ur- und Festtagssuppe

Besonders geeignet ist diese Suppe, um nach einer großen Anstrengung verzehrt zu werden - zum Beispiel im Anschluß an eine Ursuppe, also eine mittlere Hausgeburt. Nach sechs bis acht Stunden heftiger Viecherei liegt die junge Frau, die eben zur Mutter mutiert ist, matt, aber glücklich in den Kissen, das Kind an die milchmächtige Brust gelegt. Auch die Hebamme, der junge Vater und die beste Freundin der Gebärenden, die nach Kräften mithalfen, hängen erledigt im Gestühl. Die Euphorie über den Eigenbeitrag zur Überbevölkerung wird durch körperliche und geistige Erschöpfung gedämpft. Hier hilft die Festtagssuppe, die der junge Vater in weiser Voraussicht schon tags zuvor gekocht hat.

Am Tag der Geburt hat er dafür keine Zeit mehr, denn da wird er zum lebenden Gebärsessel, in den die werdende Mutter sich hineinsetzt. Er hält sie gut, spricht mit ruhiger, sonorer Stimme ermunternde Worte in sie hinein, streicht ihr über den Kopf und drückt, wenn ihre Kräfte erlahmen, mit seinen Händen ihre Knie auseinander. Wenn sie auf Drängen der Natur und auf Geheiß der erfahrenen Hebamme tut, was man gemein und gemeinhin Pressen nennt und ihn, den Gebärsessel, dabei mit Körperlichkeiten in Rot, Gelb und Braun betunkt, zickt er nicht herum, sondern beruhigt im Gegenteil die Frau, weil das völlig in Ordnung ist und sie sich um Himmels willen nicht dafür schämen, sondern einfach in Ruhe weitermachen soll. Schließlich zählt der junge Vater nicht zu jenen Knilchen, die einen Gebärvorbereitungskursus absolviert haben, um auch bei der Geburt noch alles besser zu wissen und ihrer Frau auftrumpfend mitteilen zu können: »Schatz, du preßt falsch!«

Hat er das Kind - schwupp! - herausflutschen sehen und es, beschmiert, wie es kam, freundlich begrüßt, durchschneidet er die Nabelschnur, steht auf, herzt alle Beteiligten, säubert sich beeindruckt und trägt den rotbraunen Brocken Nachgeburt in einer Plastiktüte zum Hausmüll - ein Esoteriker, der das Zeug bebrummelt, vergräbt und dann einen Baum darauf pflanzt, ist er nicht. Anschließend kredenzt er seine Festtagssuppe; ein, zwei Teller davon gespachtelt und dazu ein paar Gläser klatschkalten Champagner oder Wodka weggegluckert, und schon bald ist die junge Mutter wieder auf dem kurz zuvor von der Hebamme durchtrennten Damm.

Sollte gerade keine Hausgeburt zur Hand sein, ist auch jeder andere Kraftakt - wie etwa ein heftiges Gelage - Anlaß genug, die Festtagssuppe zu kochen.

Man braucht dazu (für vier bis sechs Personen):

- 1 großen Kochbottich, auch Pol Pott genannt
- 1 Pfund Kalbfleisch
- 2 Gemüsezwiebeln
- 3 rote Paprika
- 3 gelbe Paprika
- 2 Schlangengurken
- 1 Glas Gewürzgurken (fränkisch eingeweckt von Mutter Bittermann)
- 1/2 Liter Schlagsahne
- 1/2 Liter saure Sahne
- weißen Balsamicoessig (oder Estragonessig)
- reichlich Estragon

und 1 Liter Gemüsefonds oder -brühe, am besten das Produkt Würzl aus dem Hause Bruno Fischer; Herr Fischer nämlich stellt nicht nur die beste Gemüsebrühe des Landes her, die ohne Gluten, Cholesterin und Speisewürze auskommt, sondern versieht die Etiketten seiner nachfüllbaren und qualitätsbewahrenden, weil die Gemüsebrühe vor Lichteinfluß schützenden Braungläser auch mit Bibelzitaten – zum Beispiel mit diesem aus dem 1. Petrusbrief: »All eure Sorgen werft auf ihn, denn er sorgt für euch.«

Das ist praktisch gedacht, und so kann man, statt seiner Sorgen, günstigerweise die kleingeschnittenen Kälbchen, Gemüsezwiebeln und Paprika (oder sagt man: Papriken?) in den Topf werfen und in Butter und Olivenöl anbraten. Mit Salz und frisch gemörsertem bunten Pfeffer würzen und auf kleiner Flamme dünsten; später die kleingehackten Gurken dazugeben. Den Topf zu 3/4 mit Gemüsebrühe auffüllen. Essig unterrühren. Die Sahne dazugießen. Mit Estragon bestreuen, umrühren und lange ordentlich durchblubbern lassen. In vorgewärmten tiefen Tellern servieren.

Besonders erfreulich ist, daß man die Suppe anderntags auch kalt essen kann. Sie ist dann nicht nur mindestens ebenso schmackhaft wie in heißem Zustand, sondern ebenfalls extrem wohltuend; routinierte Katerfrühstücker werden mein Entzücken teilen und verstehen. Für die belebende Wirkung der Suppe gibt es einige gute Gründe:

Essig und Gewürzgurken machen die Suppe nicht nur pikant, sondern helfen auch der Magensäure auf die müden Füßchen beziehungsweise gleichen einen Mangel an Magensäure aus. (Vergessen Sie nicht: Der Magen ist, verdauungstechnisch gesehen, Ihr ganz persönlicher Ansäuerungsbeutel.)

Fleisch und Brühe bringen die beim Trinken und beim Abbau des Getrunkenen verbrauchten Mineralien zurück. (Merke: Alkohol ist ein großer Mineraliendieb.)

Das wegen des vorsichtigen Kochens nicht ausgelaugte Gemüse gibt Ihrem vom Alkoholabusus ausgemergelten Leib einen kräftigen Vitaminstubs.

Die Sahne macht die Suppe gehaltvoll, was Ihnen nach dem gierigen Verschlingen am Morgen ein schönes Sättigungsgefühl gibt. So müssen Sie nicht, vom Kater aufgepeitscht und zerrüttet, sinnlos durch die Wohnung strunkeln - sondern legen sich, statt sowieso wieder nur Unheil anzurichten, schön zurück ins Bett, schlafen entspannt Ihren Restrausch aus und träumen davon, wie Sie in einer warmen, embryonal-mutterbauchigen Ursuppe herumschwappen. Denn wer schwappt, rumort nicht.

Heiße Hühnersuppe heilt

Wenn Schleim auf deinen Bronchien liegt
Wenn Grippe dich schon unterkriegt
Wenn grüner Schnotten zäh verweilt:
Heiße Hühnersuppe heilt.

Gliederschmerzen? Ach und Weh?
Schädelbrummen? Ziepezeh?
Du fühlst dich wie durch vier geteilt?
Heiße Hühnersuppe heilt.

In die Supp' hinein gehören
Porree, Sellerie und Möhren
Knoblauch, Pfeffer, Salz und Chili
Zwiebeln, Honig, Ingwer, Curry

Und ein Maishuhn, gelb und fett,
köchelt im Aromabett.

Um sich königlich zu runden,
braucht die Sache gut vier Stunden.
Dann entfernt man, das muß sein
Hühnerhaut und Hühnerbein.

Mancher in der Tischfamilie
wünscht ein Sträußchen Petersilie
In die Suppe eingestreut,
weil ihn das auch farblich freut.

Köstlich wird die Suppe munden
Dich vom Kranken zum Gesunden
wandeln und dir Kräfte geben
Energie und Schwung zum Leben

Denn es ist ein Heidenspaß
Laut zu sagen: Ich genas!

Dieses gilt für alle Kinder.
Finnen, Iren, Briten, Inder,
Israelis, Indonesen:
Alle sind sie flink genesen.

Endlich kann man wieder trinken,
feiern, singen, süß versinken.
Alles nuckelt an der Fluppe
Dank der guten Hühnersuppe.

Krankenwelt, du bist gemeistert.
Formidabel! Schwer begeistert
ruft der Franzmann im Gestrüpp:
'ühnersüpp! 'cil 'ühnersüpp!

Weil die Nachricht ihn ereilt:
Heiße Hühnersuppe heilt.

Spargelschänden mit Nestlé und Co.

Aus den Versuchsküchen von Biskin, Knorr, Maggi und Thomy: Sauce Hollandaise

Tester / Probanden / Forscher:
Claudia Aldenhoven und Wiglaf Droste

Wozu noch etwas selber machen, wenn es alles schon fix und fertig gibt? Sogar das Rührei, Klischeemahlzeit für den Mann mit den klassischen zwei linken Küchenhänden, muß nicht mehr eigenhändig in die Pfanne gehauen werden. Die fürsorgliche Lebensmittelindustrie hält es, im Duett mit einem Aufbackbaguette, als Mikrowellenmahlzeit bereit.

Beinahe so leicht zuzubereiten wie ein belgisches Rührei ist eine Sauce Hollandaise. Deshalb wird sie auch mannigfaltig als Fertigprodukt angeboten, in flüssiger wie in pulverisierter Form. Speziell zur Spargelzeit drücken die Firmen Biskin, Knorr, Maggi und Thomy ihren praktischen Essensersatz in die Einkaufsregale und Kochtöpfe einer Welt, in der Käufer und Probanden längst identisch sind. In einem freiwilligen Selbstversuch haben wir ein halbes Dutzend dieser Erzeugnisse getestet:

Knorr Raffinesse ZitronenButterSauce

Tütensauce. Packungsaufschrift: »Diese edle Saucenkomposition mit Butter und einer feinen Zitronennote macht Essen zur Raffinesse.« Beim Aufschneiden entströmt der Tüte schlagartig Milchpulvergeruch, danach der Hautgout einer ungelüfteten Großküche, der dem servierfertigen Produkt erhalten bleibt und sich durch das Erhitzen sogar noch verstärkt hat: Abwaschwasser mit Essensresten könnte nicht besser schmecken. Salz, Glutamate und Zitronenspüli gehen auch farblich eine interessante Verbindung ein und verschmelzen zu einer nasenschnottengrünen Masse von ausflussiger Konsistenz. Hersteller Knorr mit Sitz in der Republikanerhochburg Heil!bronn schwärmt auch vom »Treffpunkt Küche«. Bitte die Fenster weit öffnen.

Maggi Feine helle Holländische Sauce (Nestlé)

Tütensauce. Packungsaufschrift: »Mit Sahnepulver, Butter, Eigelb«. Empfehlung vom Hersteller: Pulver in halb Wasser, halb Milch auflösen, um die Sauce »cremiger« zu machen. Pulver grünlich. Nach dem Auflösen fahl, falb, sämig und salzig. Zieht beim Erkalten Fäden. Entwickelt beim Trocknen die Konsistenz von Knetmasse und kann, z. B. als Fensterkitt, einer würdigeren Bestimmung zugeführt werden.

Knorr Feinschmecker Zubereitung für Sauce Hollandaise

Tütensauce, Zusatz von 125 g Butter. Packungsaufschrift: »Pfiffige Variationen mit geriebener Orangenschale und O-Saft, geriebenem Käse oder einem Schuß Weißwein«. Das Trockenpulver ist parmesanartig, der etwas glutamatige Geruch insgesamt aber erfreulich schwach. In flüssige Form gebracht, entwickelt der »BESTFOODS-Markenartikel« mit zunehmender Erwärmung erstaunlicherweise den Geruch von Trockenfisch (Bacalhau). Der jedoch wird durch starken Zusatz von Zitronensäure etwas ausgebremst und in die Schranken gewiesen. Zwar gelingt es den Herstellern nicht ganz, den Geschmack der hinzugefügten Butter vollständig vergessen zu machen, aber der Hinweis »jetzt noch feiner« auf der Packung irritiert. Wie mag die Sauce vorher gewesen sein?

Meisterklasse Maggi Kochstudio Sauce Hollandaise (Nestlé)

Tütensauce, Zusatz von 125 g Butter. Packungsaufschrift: »Eine meisterlich abgerundete Zubereitung mit Eigelb. Die weltweite Erfahrung von Nestlé garantiert Qualität und Sicherheit für Ihre Ernährung.« Vor allem garantiert sie ein mangogelbes, salziges Pulver mit strengem Brühwürfelgeruch. Die Tüte schmückt ein echter Verbrechersatz: »Butter kann nach Wunsch gegen Margarine ausgetauscht werden.« Nein! Niemals! Margarine ist Mord! Nur Butter ist Mutter! Im Fall der Maggi Meisterklasse aber ist die Butter ohnehin nur eine symbolische Grabbeigabe; die Konsistenz ist mondamindicklich, der Geschmack gipsig. Die Salzwüste kann so nah sein.

Biskin Sauce Hollandaise

Flüssigsauce im Tetra Pak. Packungsaufschrift: »Mit pflanzlichen Fetten, tafelfertig.« Schon beim Öffnen heftiger Schmelzkäsegeruch. Von da an geht's unrettbar bergab. Geschmack pappig, im Abgang leicht frittenfettig. Aussehen salatmayonnaisig, eiterstichig. Beim Erwärmen dünnflüssiger, schleimbildend, zitronensäurig, im Abgang jetzt noch pommesbudiger. »Kein Gerinnen«, prahlt die Packung. Das stimmt; kein Entrinnen aber auch – vor einer Art Plastikfolie, die sich über die Zunge legt und starke Husten- und Würgreize auslöst. Auch das Auge wird voll bedient: Der Flüssigkunststoff wirft Blasen und schäumt auf. Beim Erkalten eine Art Lymphaustritt; im Backofen entwickelt sich strenger Gummireifengeruch mit Karamelnote. Hersteller Biskin vergibt das Prädikat »Chefköche empfehlen«; dabei dürfte es sich um Patrons handeln, die den Kantinenküchen in Baustoffhandlungen vorstehen. Verwendungszweck: keiner, Nebenwirkungen: Fragen Sie nicht, das Gesicht ist gerade erst abgeheilt.

Thomy Les Sauces à la Hollandaise (Nestlé)

Ebenfalls eine Flüssigsauce im Tetra Pak schlägt sich, Tetra Pak verträgt sich. Packungsaufschrift: »Mit pflanzlichen Fetten, Sauce zu edlen Gerichten, Erwärmen und Genießen«. Geschmack schon im kalten Zustand brenzlig; weckt Erinnerungen an längst verdrängte Urinproben aus Kindertagen. Beim Erwärmen böse Anmutung von Kompost-Zigarettenkippen-Gemisch. Nach dem Erkalten lt. Beobachtung von Cand. Med. Franziska Wodarz starke Ähnlichkeit mit Leichenfett. Bewirkt mülliges Aufstoßen, Magen-Darm-Alarm und den Ausruf »Wenn wir morgen krank sind, wissen wir warum«. Gegenmittel: In warmem Wasser verdünnter Balsamico-Essig, Stoßseufzer: »Alles für die Wissenschaft!«

Für eine richtige Sauce Hollandaise braucht man Butter, Zitronensaft, Senf, Eigelb, Salz, Pfeffer und eine Prise Zucker, und wem die Sauce gerinnt, der kann sie mit etwas geschlagener Sahne retten. Das ist kinderleicht, kostet nicht viel und schmeckt mjammi. Trotzdem traktieren Millionen Menschen nicht nur sich selbst mit Schmodder aus dem Hause Fertig, sondern ruinieren auch unschuldigen Spargel. Warum? Ist der Verzehr von Techno-Saucen ein gängiges Mittel, um todsicher eine Krankschreibung zu erwirken? Eine moderne Form temporärer Selbstverstümmelung? Der Wunsch, ganz ohne Bombardement zum Kollateralschaden zu werden? Die Weiterentwicklung der serbischen Bohnensuppe also? Ist es ein heimeliges Gefühl, wenn die eigene Küche riecht wie eine Dunstabzugsanlage von McDonald's? Wohnt in jedem Menschen ein heimlicher Gastronom, der davon träumt, sich an kranken Gästen gesundzustoßen?

The answer, my friend, is blowing in the Maggi-Kochstudio.

Der elektrische Reiter

Am Vorabend seines 59sten Geburtstags spielte Bob Dylan ein außergewöhnlich gutgelauntes Konzert

Vor einem großen Konzert ist schon die Anwärmphase wichtig. Sorgfältig sucht man die Kleidung aus, mit der man dem Anlaß Reverenz erweisen möchte. Nur die Lieblingssachen kommen in Frage. Nicht, daß Bob Dylan einen sähe – man tut es für sich selbst.

Dann trifft man die anderen Kinder. Alle sind aufgeregt und erzählen und schnattern vorfreudig. Richtige Dylanologen sind am Start: Hanns Zischler berichtet, wie er Dylan 1983 in der Dortmunder Westfalenhalle sah, neben Günter Netzer sitzend, und wie ein Brite es geschafft habe, Dylan dazu zu bringen, »It's all over now, Baby blue« zu singen. In jede Pause habe der Mann mit durchdringendem Cockney-Akzent seinen Wunsch hineingebrüllt, »Baibey Blou! Baibey Blou!«, immer wieder, »Baibey Blou!«, nervtötend, und dann habe Dylan das Stück unfaßbarerweise wirklich gespielt.

Gerhard Henschel, der, wie immer auf Arbeitsreisen, eine Halbkofferladung Dylan-Bootlegs dabei hat, schwärmt von einem Dylan-Konzert mit Santana in der Waldbühne, bei dem man leider auch Joan Baez habe erdulden müssen, und die Geschichte von Günter Amendt macht die Runde, der 1978 in der *konkret*-Redaktion seiner Begeisterung für Dylan freien Lauf ließ und vom anwesenden, damals noch auf dem linken Ticket fahrenden Martin Walser kniepig gefragt wurde, was denn er, Amendt, an diesem »herumzigeunernden Israeliten« Dylan so besonders finde. Dann darf man losfahren, zum Konzert, nervöser, als wenn man selbst auf die Bühne müßte.

Die Arena in Berlin ist eine höchst profane Riesenhalle,

eine Art Tanz- oder Stehfläche mit angrenzenden Pissoirs. Man hätte Bob Dylan und sich selbst einen inspirierteren Ort gewünscht – geschenkt nun. Immerhin leise plätschert Countryzeug aus den Boxen, noch vor dem Konzert wird die Luft feuchtwarm, das vieltausendköpfige Publikum ist zwischen 20 und Mitte 50, die geburtenstarken Jahrgänge 1958 bis 1964 sind sehr gut vertreten. Ab 20 Uhr wird nicht nur vor sich hin gedünstet, sondern auch geklatscht und gejohlt, Roadies huschen über die Bühne, und um zehn nach acht sind sie da: Bob Dylan and his Band, Schlagzeug, Kontrabaß, drei Westerngitarren. Schon als zweites Stück spielt er »The times, they are a-changing«, so unmitsingbar arrangiert, wie er alle seine Hits seit längerem spielt. Viele im Publikum erkennen das Stück erfreulicherweise erst am Text des Refrains und jubeln eben auch erst dann; vorher darf man den Song hören und nicht die Nachbarschaft.

Dylan schafft es, seine an Millionen von Lagerfeuern zersungenen, zerschrammelten und zerbongoten Lieder vor der Meute zu retten, schlägt Haken, fintiert. Es ist wunderbar: Jenseits aller Moden bleibt die reine Substanz. Daß die Zeile »your sons and your daughters are beyond your command« auch vor diesem Publikum gilt, ist unbeabsichtigt böseste Ironie: Wer sie in den sechziger Jahren als Waffe gegen die Eltern und ihr Establishment und als Stütze für das eigene Hippietum auffaßte, ist heute mit Kindern gesegnet, die damit ebenfalls nichts zu schaffen haben wollen. Die 68er- und Nach-68er-Generation ist isoliert: eingekeilt zwischen zwei Generationen, die, aus ganz unterschiedlichen Motiven, auf Distanz zu ihr hält. Wenn man 68er-Protagonisten wie die wendige Banalitätenschleuder Peter Schneider betrachtet, kann man nur sagen: Sie ist noch lange nicht isoliert genug.

Dylan singt »It's allright, Ma«, wieder ein Lied, das nach Jahrzehnten ragend und wahr dasteht, ohne einen Kratzer, alterslos, ein Klassiker von Geburt an. »If my thought dreams could be seen, they'd probably put my head in a guillotine«: Angst und Paranoia, ursprünglich vor dem rechten Mainstream, durfte in den neunziger Jahren fühlen, wer ins Visier von Aktivisten einer inhaltlich äußerst vagen, aber fanatisch verfochtenen »politischen Korrektheit« geriet. Auch an der immergültigen Zeile »Sometimes even the President of the United States must have to stand naked« kann man ablesen, daß der linke Mainstream nicht erträglicher ist als der rechte, bloß ein bißchen flacher: Was, auf Nixon gemünzt, eine politische Attacke war, ist bei Clinton nur noch schlüpfrig konnotiert.

Es folgt »Love minus Zero / No limit«. Das Publikum reagiert, wo es nicht vergeblich mitzusingen und -zuklatschen sucht, verzückt; man sieht viele Lippen lautlos sich mitbewegen, viele einzelne Gestalten, jede für sich in den Erinnerungen, die ein Liebeslied von Dylan weckt. »She knows there's no success like failure, and that failure's no success at all« – da ist schon wieder einer dieser Dylan-Sätze, vor deren vertrackter Genialität man sich nur verbeugen kann. Einige Besucher schaffen es allerdings, sich bei diesem Lied wie auch während des ganzen Konzerts in erster Linie mit dem Hintern ihrer Begleiterin zu beschäftigen: Wozu Geist, wenn man Fleisch haben kann? Dagegen ist Dylan so machtlos wie jeder.

Das Glück, das Dylan in diesem akustischen Set verschenkt, scheint unbegrenzt: Er singt »Tomorrow is a long time« und beweist, daß Musik die sensationellste Art ist, in einen Menschen einzudringen. Dann aber folgt ein brutaler Schnitt zum Rockismus. Mit drei Stromgitarren, Strombass und Bollerdrums wird »Gotta serve somebody« herausgehämmert: Egal ob Jesus oder dem Teufel, irgend jemandem müsse man halt dienen, o je, Blödsinn aus einer der religiösen Phasen Dylans, noch dazu überlaut, aber weil man weiß, daß man Dylan nur ganz bekommen kann oder gar nicht, steht man das durch.

»All along the watchtower« dagegen muß genau so gespielt werden, roh und rauh und jaulend. Einmal, in Hamburg, hat Dylan ein Stück gespielt, das seine Auffassung von sich und seiner Musik ganz explizit verriet: »I'm an old Rock 'n' Roller, playing music in a back street bar.« Natürlich ist Dylan kein schabbeliger Hinterzimmer-Rocker, aber seine Haltung ist eben rock'n'rollig aggressiv und nicht sanft und folkig. In der Arena hat er unglaublichen Spaß an rokistischen Gesten, spielt wilde elektrische Soli, posiert, lacht sogar. Die Gemeinde kann ihr Glück kaum fassen: Dylan scheint es gut zu gehen, er hat Freude an der Arbeit am Abend vor seinem 59sten Geburtstag.

Dylan ist freigebig und großzügig, spielt »Forever young«, das er 1983, so erzählt es Hanns Zischler, mit den Worten »for Marlene« angekündigt hatte; 17 Jahre später kommt das ursprünglich für Muhammad Ali geschriebene Stück wie alle Songs ohne einleitenden Text. »Not dark yet« und »Love sick«, »Like a rolling stone«, »Maggie's farm«, leider auch »Rainy day women«: Beim Refrain »Everybody must get stoned« ist das Mitmachbedürfnis vieler in der Halle unniederringbar. Was das Mitklatschen in Konzerten angeht, gibt es eine gute alte Regel: Islam her, Hände ab. Auch Absolventen von Ententanzkursen sollten andere Plätze finden können als ein Dylan-Konzert, um das Erlernte stolz und forsch zu demonstrieren. Gerhard Henschel vergleicht die Version von »Rainy day women« später sogar mit Tony Marshall; zumindest den Jubelperseranteil im Publikum betreffend ist das nicht völlig ungerecht.

Aber es gibt auch eine leise Version von »Don't think twice, it's allright«, die so intensiv ist wie zuletzt Van Morrisons Cover von »Just like a woman« 1998 in der Wuhlheide. Es ist magisch, Dylan singt seine Abrechnung, und jede Frau, die nicht gut für einen war – oder, umgekehrt: für die man selbst nicht taugte! –, ist wieder da. Die »Dreams Parade of Lovers«, wie Johnny Cash das genannt hat, defiliert. Das Stück könnte Stunden gehen und wäre nie zu lang, die Details türmen sich, Dylan singt, und man versinkt in seinem eigenen Leben. Kaum eine Situation, zu der er nicht das Richtige gesagt hätte, die nicht ein Lied von ihm auf den Punkt brächte, und das ganz ohne Besserwisserei.

Mit »Blowing in the wind« hört es auf nach zwei Stunden, ein furchtbares Kitschlied, aber Dylan schafft sogar diese Hürde, so verfremdet hat er das Stück, daß die Lagerfeuerfraktion keine Chance bekommt. Wer hat sich nicht alles an Dylan vergangen, Publikum wie Aftermusiker, und niemand hat ihm und seiner Musik etwas anhaben können. Weder Seligs »Knockin' on heaven's door«-Version noch BAPs gekölschte Dylan-Cover-Platte, zwei echte musikalische Hundehaufen, konnten Dylan beschädigen – er entzieht sich wirklich jedem Vereinnahmungsversuch und düpiert schon lange das tödliche Harmonie- und Wurschtelbedürfnis von Leuten, die, obwohl Dylan-Fans, ansonsten erstaunlicherweise so gar nicht klug und weise sind. Sondern Mitpatscher, für deren Bedürfnisse es doch berufsmäßige Rucki-Zuckis gibt wie Wolfgang Niedecken oder Wolfgang Petry, Campino und Dieter Bohlen.

Um Mitternacht, zwei Stunden nach dem Konzert, wird auf Dylans Geburtstag getrunken, dazu läuft ein Duett mit Van Morrison, »One Irish rover«, das es nur als Bootleg gibt, und was ein Dylanologe ist, hat längst solch eine hübsche teure Raubkopie auch dieses Abends bestellt.

Über die Leitplanke

Die wenigsten Menschen möchten wirklich frei sein. Von denen, die es überhaupt wollen, schaffen es vielleicht ein paar Handvoll. Der Rest will allenfalls die »Freiheit!«, die Marius Müller-Westernhagen, der Mussolini in dünn, als Mitgegröl aus ihnen herauspreßt.

»Wo geführt wird, da wird auch gefolgt!« bellt der *FAZ*-Redakteur Volker Zastrow aus seinem Blatt in die enge Welt hinein. Unangenehmer als die Affirmation, mit der er seine tausendjährige Weisheit ausposaunt, ist nur, daß er recht hat: Sie lassen sich so gerne leiten und führen, sie wollen nicht alleine laufen, wollen nicht verantwortlich sein für sich selbst. Und dürfen doch Kinder machen, Auto fahren, wählen. Warum eigentlich? Den Weg aus der selbstverschuldeten Unmündigkeit, wie Good Old Kant das nannte, haben sie nie eingeschlagen. ßu ßwierig, ßu ßeiße. Und, um einen schönen Pidgin-Komparativ in der deutschen Sprachfamilie willkommen zu heißen: jetzt noch scheiser.

Vom »Denken ohne Geländer« träumte Hannah Arendt, aber das wollen sie nicht. Sie brauchen ihre Leitplanken, sonst finden sie nicht nach Hause, ins Dunkle. Da müssen sie hin. Sie können nichts als gehorchen, und in ihren Tagträumen herrschen sie dann, unbarmherzig wie Kinder. Sie wollen nicht frei sein, also sollen alle anderen auch nicht dürfen. Leitplanke rechts! brüllen sie.

Auf der anderen Straßenseite gibt es das alternative Leitplankenprogramm. Hier feiert man sich selbst als das Bessere. Der Schlichtling Peter Maffay und der unvermeidliche, geistesschwammige Wolfgang Niedecken versichern sich und ihrem breiigen Publikum, wie zivilcouragiert sie doch seien, wie weltoffen, begegnungsreich, arschhuh und alles. Bettina Böttinger äugelt dazu, und Fritz Pleitgen, der seinem Kanzler Schröder das ist, was der ZDF-Intendant Dieter Stolte für Helmut Kohl war, nickt den Schleim ab. Das AOL-Modell Boris Becker leitplänkelt ein bißchen mit, und auch Franz Beckenbauer, der mit seinen eigenen Körperflüssigkeiten eingecremte Choleriker, hilft beim Kampf gegen das Böse. Wüßte man es nicht besser, es bliebe die Conclusio: Wenn diese Truppe ausgepichter Windeier, Abgreifer und Schmierlappen gegen Nazis ist, müßte man eigentlich Nazi sein.

Aber das wäre eben auch ganz falsch, noch leitplankiger. Zwar sind die Deutschen in den Miesling-Charts nicht mehr immer und zwingend führend; die anderen haben gut aufgeholt, und in den zukünftigen Olympiadisziplinen Sich-öffentlich-am-Sack-Kratzen, Ins-Handy-Brüllen und Aufs-Trottoir-Rotzen entfaltet auch der ausländische Mitbürger seine ganze Pracht. Was aber die Unerbittlichkeit und die Tödlichkeit angeht, ist die deutsche Leitplanke Chef.

Wenn man ihnen ihre Leitplanken schon nicht wegnehmen kann, darf man immerhin drüberweg hüpfen. Innerhalb der Leitplankenkultur gibt es nichts zu finden, das sich zu suchen lohnte. Was außerhalb ist, weiß ich nicht - vielleicht eine Freiheit, die nicht nach Westernhagen stinkt.

Ich gedachte nicht Siegfried Bubacks

Eine Selbstbezichtigung

Gut erinnere ich mich an den Todestag des Generalbundesanwalts Siegfried Buback. Es war in den Osterferien 1977. Meine Eltern hatten es für eine Idee gehalten, mich ein Praktikum bei der Sparkasse absolvieren zu lassen. Ich war fünfzehn und schon kriminell: Das Mofa, mit dem ich jeden Morgen zur Filiale fuhr, hatte ich frisiert; statt der erlaubten 25 km/h schaffte das Fahrzeug gut das Doppelte. So beginnen Verbrecherkarrieren.

In der Sparkasse war es vor allem langweilig. Ich sortierte Formulare und frankierte Briefe. Betreut wurde ich von einer älteren Dame, die Zeugin Jehovas war und tatsächlich Frau Göttlicher hieß. Von sporadischen Bekehrungsversuchen abgesehen war sie sehr nett; das jehovasche Besserungsbuch, das sie mir schenkte, hieß »Mache deine Jugend zu einem Erfolg« und warnte eindringlich vor Mädchen, Drogen und den Gefahren der Selbstbefleckung. Es war ein solcher Kokolores, daß ich beim Lesen richtig Spaß hatte und erst recht Lust auf alles Verbotene bekam.

Die Sparkassenfiliale hatte eine eigene Kantine. Eines Mittags kam der Filialleiter hereingestürzt und fiel uns vor Aufregung fast ins Essen. »Generalbundesanwalt Siegfried Buback ist von der RAF ermordet worden!« schrie der Mann atemlos. »Ich bitte Sie, jetzt aufzustehen und eine Gedenkminute einzulegen.« Wie Angestellte so sind, standen gleich alle auf. Frau Göttlicher blieb sitzen. »Diese weltlichen Dinge gehen mich nichts an«, sagte die Zeugin Jehovas. Ich blieb ebenfalls hokken und sagte nichts. Alle starrten uns an. Nachdem sie ihr verdruckstes Mundzuklappen beendet hatten, ließen sie ihren

Hinrichtungsphantasien freien Lauf. »Kopf ab!«-Gemurmel quoll ihnen aus den Köpfen. Ein halbes Jahr später, nach der Ermordung des früheren ranghohen NS-Wirtschaftsfunktionärs und SS-Scharführers Hanns-Martin Schleyer, war die deutsche Volks- und Notgemeinschaft dann endgültig hysterisiert. Die gesamte Presse warf alle Reste von Unabhängigkeit von sich, machte begeistert Polizeiarbeit und übte sich in Meutenjournalismus. Diese kollektive Finsternis im Jahr 1977 war der initiale Grund für die Erfindung der *taz*.

Warum hätte ich zum Gedenken an Siegfried Buback aufstehen sollen? Damals, mit fünfzehn, sechzehn, erschienen mir die RAF-Leute als Robin Hoods: Sie schienen all den miesen restnazistischen Deutschen die Angst einzujagen, die ich ihnen nicht einjagen konnte. Den Landsleuten war alles zuzutrauen: Regelmäßig konnte man sie dabei beobachten, wie sie auf den überall aushängenden Steckbriefen die Erschießung einer Terroristin oder eines Terroristen mit Kugelschreiber oder Filzstift noch einmal ganz persönlich nachvollzogen und ein Gesicht auskreuzten. In ihren Mordgelüsten wußten sie sich kollektiv und staatlich gedeckt. Dieses Potential schien mir weit bedrohlicher als eine Handvoll Desperados, ein paar Verzweifelte, die dem Staat den Vorwand zu seiner Bis-an-die-Zähne-Bewaffnung lieferten.

Einige Jahre später begann ich, das etwas anders zu sehen. Die Mitglieder der Roten Armee Fraktion verstanden ihre Aktionen als militärische Handlungen. Sie waren Soldaten, und wie Soldaten Mörder sind, waren auch die schießenden RAF-Soldatinnen und -Soldaten Mörder. Zwar wurde der RAF penetrant maximale Feigheit, Niedertracht, Heimtücke und Entmenschtheit unterstellt, während stinknormale deutsche Soldaten als tapfere Landes- und Freiheitsverteidiger, als bewaffnete Ethiker der Pflicht aufschimmerten, als mutige Mörder quasi, doch die Morde der RAF waren nichts als Morde von Soldaten ohne Uniform – nicht mehr, aber eben auch nicht weniger. Auch wenn sie zahlenmäßig so unterlegen waren, daß jedes juvenile Indianerherz für sie schlagen mußte: Nur weil ihre Gegner so abstoßend waren, waren die RAFler eben doch nicht die Guten. Bei genauerer Betrachtung verlor die RAF den Glanz, den meine jugendliche Verklärung ihr beschert hatte. Retrospektiv sehe ich eine elitäre Sekte, einen staatsanwaltlich selbstgerechten deutschen Verein zur Exekution linker Kammerjägerbedürfnisse, die so ungustiös sind wie andere Kammerjägerbedürfnisse auch. Wer andere sterben sehen muß, um selber leben zu können, ist eine ganz arme Sau.

Sich für etwas zu schämen, das man gedacht oder getan hat, oder dafür um Entschuldigung zu bitten, ist eine sehr persönliche und private Angelegenheit. Wenn Sabine Christiansen, die *Bild*-Zeitung und andere Volkssturm-Medien öffentliches Schämen einfordern, entsteht jene schamlose Soße, deren Herstellung das Geschäft eben dieser Medien ist. Michael Buback suchte sich mit Christiansen das banalstmögliche Medium dazu aus, von Jürgen Trittin eine Entschuldigung zu verlangen, eine Distanzierung vom legendären »Mescalero«-Nachruf auf Siegfried Buback. Diesen Text hat Trittin weder verfaßt noch publiziert, und er hält ihn – zu Recht – für einen wenn auch grob geschriebenen Aufruf zur Abkehr von der Gewalt gegen Repräsentanten des Staates, so widerwärtig sie auch sein mögen. Das hat Trittin Michael Buback mitgeteilt, als dieser ihn bei einer zufälligen Begegnung im Zug zu einer Distanzierung aufforderte. Buback posaunte diese Begegnung noch am selben Abend bei Christiansen aus und führte sich auf wie eine durchgeknallte Marzipankartoffel. Liberale Publizisten wie Heribert Prantl sekundieren solcher emotionalen Einpeitscherei, indem sie vorauseilend die Phrasen von der Menschenverachtung und dem Zynismus jedweder Gewalt litanieren in der Klassenstrebersorge, des Sympathisantentums bezichtigt zu werden. Als wäre nicht durch die Wahl des Mediums geächtet, wer sich kreischend und armfuchtelnd in Gefühl-statt-Verstand-Shows und -Zeitungen produziert - und als wäre es nicht gleichgültig, was die Berufsdenunzianten von *Bild* & Co. einem anhängen. Wer - wie Joseph Fischer, Gerhard Schröder und Rudolf Scharping - mit Hilfe dieser Medien Macht erwirbt und erhält und sogar Krieg führt, soll sich nicht über mangelnde Medienmoral beschweren, wenn er in dem Dreck umkommt, zu dem er griff, als ihm das nützlich schien.

Es wäre hilfreich gewesen, wenn Jürgen Trittin dem aufdringlichen Begehren Michael Bubacks nicht doch noch in einem zweiten Anlauf nachgekommen wäre, um seine ohnehin hoffnungslosen Popularitätswerte zu verbessern. Ihm nützt es nichts, und er versäumte eine gute Gelegenheit, die penetranten Entschuldigungsbefehle der Rechten deutlich zurückzuweisen. Das Rückgrat des deutschen Umweltministers reicht aber nur so weit, zugunsten einer Zeitungsillustrierten privat am Grill zu posieren und später im *taz*-Interview schneidig zu erklären: »Ich habe stets versucht, mein Privatleben aus der Öffentlichkeit herauszuhalten.« Netter Versuch.

Der Ton in der deutschen Vergangenheitsrechtfertigungsdebatte um grüne Minister hat eine Anmutung von 1977: Geschichtslose rechte Denunzianten nehmen jabbelnd jeden in die Zange, der sein Leben nicht wie sie verbrachte: zwanghaft nickend, die Hände an der Hosennaht, verkümmert jasagend, karrierefixiert und die Analfalten ihrer Lehrer, Professoren und Vorgesetzten entsprechend ausschleckend. Repräsentiert werden diese Leute unter anderem durch den glatten Turbokarrieristen Guido Westerwelle von der FDP und die CDU-Chefin und Pietätsaufpasserin Angela Merkel, die im Januar das Amt erhielt, das ihr zukommt: Merkel wurde die deutsche Grünkohl-Königin 2001.

Jürgen Trittin, um sein Amt bangend, kuschte. Er beging die

Dummheit, bei Michael Buback öffentlich den katholischen Bückling zu machen. Diese Demutsadresse an Buback erleichtert Madame Merkelferkel und anderen rechten Propagandaschreihälsen ihr Oinken über die angeblichen Verbrechen der 68er.

Winterlied

Die dicke Stadt liegt schneegedämpft
Die Süße ruft zur Straßenschlacht.
Zur Straßenschlacht? – Nee: Schneeballschlacht!
Ne Straßenschlacht wär ja gelacht.
Das hat Herr Fischer einst gemacht:
Der hat ganz wild gekämpft.

Das war im Jahre Molotow
Herr Biermann sang: Ermutigung
Er bat nicht um Entschuldigung
Für Lieder, schön wie Schweinedung.
Halb Deutschland hieß BRDigung
Wer hier nicht kiffte, soff.

Fünf Finger waren eine Faust:
Revolution, hier kommt sie schon!
Den Rechten Terror, Spott und Hohn!
Auch für die Firma Gott und Sohn
Gab's keinen Pfennig Finderlohn.
Die Zeit schien sturmumbraust.
Sogar für Stefan Aust.

Die Faust im Fäustling eingemufft
Es hat sich zügig selbst verpufft
Das »Heho, leistet Widerstand!
Der Wind treibt Regen übers Land!
Komm, reich mir deine Bruderhand!«
Dafür gibt's heute Flaschenpfand.
Es war nur heiße Luft.

Und wurde flink zu Eigenmief
Es roch nach Kitsch, nach Weihrauch auch.
Sie plapperten von »Kopf und Bauch«
Der Kopf stand übel auf dem Schlauch.
Intelligenz? Nicht einen Hauch.
Der Restverstand schlief tief.
Was grade lief, ging schief.

Der Rotwein am Kamin, er schmeckt
Nach Beeren und nach Eichenfaß
Ein Mann mit Köter schlürt fürbaß
Ist es ein Deutscher: »Hasso, faß!«?
Oder ein Türke: »Alter, kraß!«?
Der Schnee ist gelb gefleckt.

Es bleibt die Wahrheit des Gesichts.
Herr Fischer ist ein Schuftikus
Er schickt den Serben einen Gruß
Nicht, weil er will - nein: weil er muß!
Die Süße gibt mir einen Kuß
Und ich vermisse nichts.

Solidarität und Solitäterä

Wenn ein lange überstrapazierter Begriff verschwindet, tut das wohl. Wie oft wurde sie beschworen und beschrien, die Solidarität: »Hoch die inter-natio-naa-le So-li-da-ri-tät!« Es klang nicht gut – phrasenhaft, dröhnend, muffig und auch verzweifelt, als müßten sich die Beschreier vor allem selber von der Kraft ihrer Parole überzeugen. Unvergessen ist das millionenfach repetierte Diktum »Solidarität ist die Zärtlichkeit der Völker«. Der Kitschsatz wird Che Guevara angelastet, der, je toter er ist, immer mehr als Jesus für Linke aufschimmert. Hört man den Satz, ist man sofort im miesen Romänchen: »›Solidarität ist die Zärtlichkeit der Völker, Schätzchen!‹ orgelte Don Alfonso. Der ölige Haciendiero lächelte vieldeutig und schob seine Hand zwischen die Schenkel der minderjährigen Magd Maria, die in wilder Verzweiflung nach einer Heugabel griff, die sie sich vom Munde abgespart hatte ...« Oder so ähnlich.

Das Unangenehmste an dem Wort Solidarität ist das moralisch Erpresserische, das es verströmt: Wie, Sie abonnieren diese Zeitung, der es so schlecht geht, nicht, Sie Schuft? Sie haben also nichts übrig für eine bessere Welt? – Viel Beutelschneiderei wurde betrieben im Namen der Solidarität, und ein bißchen klappt es immer noch. Die Religionen kommen und gehen, ihre Essenz, der Klingelbeutel, bleibt bestehen.

Ganz finster wird es, wenn Daumenschrauben gesellschaftlich verordnet werden. Das staatlich organisierte Gutsein hat etwas von Winterhilfswerk, von Blockwart und Fleischmarken, auch wenn es umgetopft und Volkssolidarität genannt wird. Ein Staat, der seinen Angehörigen Sonderschichten abverlangt, macht sie zu seinen Insassen.

Auf freiwilliger Basis ist das Ackern für andere eine hoch raffinierte Form der Eitelkeit. Ich erinnere mich an eine Redakteurin, die in den achtziger Jahren ihren Urlaub in Nicaragua verbrachte, um dort Extraschichten abzuleisten. Was die im Kaffeepflücken völlig ungeübte Frau den Nicaraguanern - damals knuffig »Nicas« genannt - einbrachte, dürfte gegen Null tendiert haben. Ihr moralischer Gewinn aber war ungeheuer groß - sie war so gut wie unangreifbar. Kein Wunder, daß sie »die Petra Kelly der *taz*« genannt wurde.

Wer von Leben und Stil nichts weiß, flüchtet sich ins Engagement. Die eingesetzte Kraft wird in Macht verwandelt. Leuten, die ihr Leben und Tun dergestalt moralisch aufladen, ist nicht zu trauen. Protestantische Arbeitsethik, die stärkste Waffe des Pietcong, führt zu nichts Gutem. Wer nicht arbeitet, der soll auch nicht essen, heißt es da. Oder: Wer saufen kann, der kann auch arbeiten. Das ist nun ein ganz großer Quatsch. Wer gesoffen hat, muß ausschlafen! Was soll denn die Welt mit einem taumeligen Katerkopf, der wegen der teuflischen Mischung aus Alkoholabusus und Schlafmangel nicht nur alles zuschanden und in Klump wurschtelt, sondern auch noch ganz und gar mißlaunig und unausstehlich ist?

Die ethische Selbstbeschwörung, die das Wort Solidarität impliziert, führte allerdings auch zu viel Ulkigem. Schon in den Achtzigern wurden Solidaritätsveranstaltungen aller Art von ihren solidaritätsmüden, aber gutwilligen Besuchern als »Soli-Saufen« rubrifiziert. Analog scherzte man vom Einparken für den Frieden, vom Knutschen für Gerechtigkeit und vor allem frühmorgens vom Liegenbleiben für eine neue und bessere Welt.

Besonders geeignet als Solidaritätserpresser sind Kommunisten - die größten Euphemisten, die sich je selbst schufen. Jede noch so vergeigte Sache vermögen sie golden anzupinseln und so umzumünzen, daß eigentlich wieder einmal ein Sieg herausgesprungen ist, wenn man ihn auch mit bloßem

Auge nicht erkennen kann. Meldet man Zweifel an, folgt automatisch dieses gedehnte, selbstgefällige »Jaaah, aaber ...«, allenfalls werden ein paar »Mühen der Ebene« eingeräumt, und dann biegen diese trostlosen Leute die Geschichte so hin, daß sie, wenn sie nicht gewonnen, so aber doch historisch recht haben.

Auf keinen Fall soll der Kaltherzigkeit und der Sparschlitzsorte Mensch das Wort geredet werden. Nur ist Solidarität ein so großes und so ausgelutschtes Wort - reicht nicht Hilfsbereitschaft? Also die Einsicht, daß einer, der stärker ist als andere, sich kümmern muß - aber doch nicht volle Kanne Soli um alle. Seine Familie sucht man sich selbst aus, dabei zählen die Bande des Blutes ebensowenig wie irgendein nationaler, patriotischer Murks. Man hilft, wo man will und wo man kann. Das Gute im Menschen ist vielleicht doch eher dieses: Zweifel säen am Aktionismus, auf die Bremse treten und nicht immer aufs Gaspedal, gutes altes Sand-im-Betriebe-Sein, es ganz piano angehen und den lieben Gott einen guten Mann sein lassen. Das Dickwort Solidarität ist dabei überflüssig. Ohnehin lud es zur Verlogenheit ein, zu Pathos und Etikettenschwindel. Wenn es verschwindet, ist das gut. Tschüssikowski, Soli! Mach et joot!

Der Henkel zum Wegwerfen

Über den Rebellendarsteller Hans-Olaf Henkel

Manchmal könnte man den Eindruck haben, Hans-Olaf Henkel sei gar nicht Präsident des Bundesverbandes der Industrie. Sondern ein feingeistiger Kulturmensch, ein verhinderter Künstler und vor allem ein Rebell. Der Kopfschieflegerin Sabine Christiansen erzählte Henkel, wie er als HSV-Fan Anthony Yeboah zujubele; im *Tagesspiegel* schrieb er, sein Lieblingsfilm sei »Der dritte Mann« von Orson Welles; in zig Talkshows berichtete der Querdenkerposeur, wie er die Beatles gesehen habe, bevor sie berühmt wurden und er quasi der legendäre fünfte Beatle sei. Unvergessen ist der »Traum«, den er für die Rubrik »Ich habe einen Traum« in der *Leben*-Beilage der *Zeit* hatte: Henkel verurteilte Charlie Parker dazu, mit ihm, Henkel, gemeinsam Saxophon zu spielen. Doch Charlie Parker hatte Glück und war schon tot. Henkels Eigenhymne auf den Industriemanager als musischen Mann gipfelte in der gleichermaßen prahlerischen wie verzweifelten Behauptung: »Meine Fackel lodert noch.« Es hatte etwas von einer 0190er-Reklame: Profi-Präsidenten jetzt noch extremer …

Hans-Olaf Henkels mediales Geschnackel und Gelärme ausschließlich als Hilferuf eines älteren Herrn zu deuten, der nicht den Weg des Alteisens gehen will, wäre allerdings naiv. In der *Zeit* begrüßte Henkel die Wachsfigurenkabinettistin Gunda Röstel in der Henkelwelt: »Willkommen in der deutschen Industrie!« rief er der Grünen zu, die kurz zuvor als Managerin bei einem Tochterunternehmen des Energiekonzerns e-on angefangen hatte. Henkel schmierte Röstel ein paar Komplimentstullen, lobte sie, von Kneifzangenmund zu Kneifzangenmund, als »faire, mutige und lernbereite Diskussionspartnerin« und kam dann zur Sache: »Es wäre Deutschland zu wünschen, daß der Schritt von Gunda Röstel keine Einbahnstraße bleibt. Es würde unserer Wirtschaft guttun, wenn auch Pragmatiker mit fundierter Managementerfahrung in die Politik gingen.« Rein zufällig legte Hans-Olaf Henkel zum Ende des Jahrtausends sein Amt als BDI-Präsident nieder. Hatte er schon wieder eine Anzeige aufgegeben: Pragmatiker, 60, schlk., m. fund. Erf. im Management, sucht neuen Wirkungskreis in der Politik?

Auch die Veröffentlichung seiner Memoiren im selben Jahr legt diesen Schluß nahe. In Henkels Kampagne in eigener Sache spielt das dicke Eigenbuch eine wichtige Rolle. »Die Macht der Freiheit« heißt das Teil - so pompös formuliert einer, der sich als Freiheitsheld verkaufen möchte, weil es ihm um Macht geht, die aber weniger gut beleumundet ist. Pat Garrett spielt Billy the Kid, könnte man sagen, wenn Henkel von der Tragik eines Garrett nicht meilenweit entfernt wäre. Der Erbsenzähler und Funktionär Henkel macht sich selbst die Eloge zurecht auf den selbständigen Kopf, der er vielleicht wirklich gerne gewesen wäre, aber wer will das wissen? Er schreibt unüberbietbar selbstgefällig, verteilt gönnerhaft Zensuren an Politiker, die ihm behagen und erstattet knurrend Anzeige gegen jeden, der eine Mark Steuern von der deutschen Wirtschaft verlangt. Penetrant zeichnet sich Henkel als unabhängigen Geist über allen Wassern. »Für mich«, behauptet er, »gibt es keine ›eigenen Reihen‹.« Da hält sich einer für eine Persönlichkeit, weil er es ein bißchen zu etwas bringen durfte in der Sekundärtugendenwelt des Geldmachens.

Zwischen den angehäuften Banalitäten seines Lebens wirkt es fast wie Selbsterkenntnis, wenn Henkel zwischen sich und Gerhard Schröder »gewisse Parallelen« feststellt. So kann man es auch formulieren, wenn zwei sich bei ihrem Fortkommen an Brutalität gegenseitig nicht nachstehen. Solche Aufsteigerexistenzen sind wahrscheinlich der Preis für die Durchlässigkeit und Offenheit einer Gesellschaft; wenn man aber hören oder lesen muß, was sie so daherreden, kann man zu der Ansicht kommen, dieser Preis sei entschieden zu hoch. Mit dem Volksmund gesprochen: Fehlt nur noch der Henkel zum Wegwerfen.

Daß einer ein Leben lebt wie Hans-Olaf Henkel, ist allein schon unappetitlich genug; daß der Pitbull der Arbeitgeber, der staatliche Verantwortung verächtlich als »Daseinsfürsorge« bezeichnet, mit sich dann auch noch hausieren geht, lappt ins schwer Tolerable. Stilbewußte Konservative wären gut beraten gewesen, einen Zwangskarrierismus auf Beinen wie Hans-Olaf Henkel konsequent zu entmutigen.

Einmal saß ich mit Hans-Olaf Henkel im selben Flugzeug. Ich weiß nicht, ob es einen Gott gibt. Gäbe es einen Gott, einen guten und gerechten Gott, er hätte das Flugzeug abstürzen und zerschellen lassen. Schließlich saß ich im Flugzeug, und ein Gott, der sich diese Gelegenheit entgehen ließe, wäre eine ziemliche Schlafmütze. Andererseits saß ja auch Hans-Olaf Henkel im Flugzeug – weshalb Gott es keinesfalls abstürzen lassen konnte, denn er hatte noch Großes vor mit Hans-Olaf Henkel. Eine knifflige Sache, Gott im Patt quasi, und die Frage, ob es ihn denn gäbe, mußte wieder einmal offenbleiben.

Stand-by-Papst in Lauerstellung

Joseph Ratzingers Kardinalvergehen »Gott und die Welt« ist Prahlerei vor dem Herrn

Wer ist Joseph Kardinal Ratzinger? Ein Karrierekatholik? Ein Glaubensstreber, ein Linienpolizist, ein Spitz-paß-auf Gottes? Ein Chefscherge seines Arbeitgebers, der Gott und Söhne GmbH? Ein alter Zumpen, der von lieb gewordenen Angewohnheiten wie beten und beten lassen, einschüchtern und predigen nicht mehr ablassen will noch kann? Der Klappentexter seines Buchs »Gott und die Welt – Glauben und Leben in unserer Zeit« nennt Joseph Kardinal Ratzinger »einen großen Lehrer des geistlichen Lebens« und einen »Führer des Weltkatholizismus«. Aber auch, und hier schwenkt's von Heil! nach heilig, »einen der größten christlichen Gelehrten seit Thomas von Aquin«. Donnerschlag: Ratzinger die numero uno der Klerikercharts? Der definitive Supergläubi? Der nächste Papst womöglich? Klappentexte werden häufig von Autoren selbst geschrieben, zumindest aber ihnen zur Freigabe vorgelegt. Hat der Berufschrist Ratzinger sich also der Hoffart schuldig gemacht, des klassischen Dicke-Eier-Zeigens?

Prahlerei ist der Kern der Ratzinger-Botschaft. »Aus der Kirche auszutreten, wäre mir tatsächlich nie in den Sinn gekommen, dazu ist sie wirklich viel zu sehr meine innerste Heimat. Ich bin von Geburt an so mit ihr verschmolzen, daß ich mich ohne sie gewissermaßen zerschneiden, ja zerstören würde.« Der hydraulische Jargon – »tatsächlich, wirklich, innerste Heimat« – ist schon eine Sünde wider den Stil; »von Geburt an mit der Kirche verschmolzen« aber macht Ratzinger keiner nach. Gegen diesen Trick sehen die Sperenzchen des Wasserläufers

Jesus Christus und seiner zaub'rischen Nachfolger David Copperfield, Hans Klok und Petrosilius Zwackelmann ziemlich matt aus.

Ratzinger gibt nicht nur an wie ein Sack voll Mücken, sondern warnt ebenso kräftig vor den Gefahren der Aufschneiderei. Der alterseitle Spitzenfunktionär, der es nicht ausstehen kann, daß er noch den einen oder anderen Kardinal neben sich haben muß, spricht über das erste Gebot. »Der Mensch begibt sich in die Verkehrung seines Daseins, wenn er das, was nicht Gott ist, anbetet.« Wer Ratzinger die Gefolgschaft verweigert, kann einem leid tun. Der »Perversion« sogar gebe sich der Mensch anheim, »wenn er sich selber seine Gottheiten macht und damit letztlich sich selber anbetet«. Wie Ratzinger, der schon im Vorwort von »Gott und die Welt« den Erfolg seines Buchs »Salz der Erde« feiert - »für viele eine dankbar angenommene Orientierungshilfe«, »großes und erstaunlich positives Echo« -, über sein Wichtig-Verpflichtig-Leben stöhnt - »meine berufliche Überlastung«, »die spärliche Freizeit, die mir zur Verfügung steht« - und über das Große singt, das aus ihm herausdrängt: »endlich ein Buch über den Geist der Liturgie«. Unverdrossen aber prangert der Mann die »Geltungssucht« an. Nur seine eigne nicht. Die ist so superschwanger, die paßt an keinen Pranger.

Wozu das Zeug lesen, wozu sich mit Religion beschäftigen? Der Matsch, auf dem wir laufen, heißt christliches Abendland. Wer das ignoriert und dennoch wissen möchte, warum soviel Brühe ist und sowenig Licht, wird nicht weit kommen. Bertolt Brecht, nach seinem Lieblingsbuch gefragt, antwortete: »Sie werden lachen - die Bibel.« Das mit dem Lachen war kokett, denn Brecht hat viel von der Bibel - die ein Erziehungsbuch ist, und Brecht war ein großer Erziehungsschriftsteller: »Der Mensch ist gar nicht gut / Drum hau ihn auf den Hut / Hast du ihn auf den Hut gehaut / Dann wird er vielleicht gut.« Das verzweifelte sich Klammern an autoritäre

Besserungsvorstellungen, das christlichen wie sozialistischen Volkserziehern gemein ist, hat allerdings vor allem diejenigen Menschen angespornt, die gerne andere auf den Hut oder weit empfindlichere Stellen schlagen. Ermunterung dazu bekommen sie von Ratzinger, der das sechste Gebot – »Du sollst nicht ehebrechen« – im Schnellverfahren als Heterosexualitätsgebot festnagelt: »Andere Formen der Sexualität erreichen nicht die eigentliche Höhe der menschlichen Berufung. Sie entsprechen nicht dem, was vermenschlichte Sexualität sein will und soll.« Ist es Wittgenstein für Seelsorger: Wovon man nichts versteht, davon soll man auf keinen Fall schweigen? Oder gilt hier die Regel: Die rechte Hand des Papstes muß alles wissen, denn grau ist alle Theorie?

Den Boden bereitet für Ratzingers »Ich, Gott und die Welt«-Buch hat der Journalist Peter Seewald, der treu, bang und dienernd die Stichworte liefert. Ihm scheint es »unwiderlegbar, daß die Welt kein Zufall, nicht das Resultat einer Explosion oder von etwas Ähnlichem war«. So schwach er denkt, so interviewt er. »Sie nannten das Geschehnis von Bethlehem einmal den ›entscheidenden Durchbruch der Weltgeschichte auf die Vereinigung von Geschöpf und Gott hin‹«, sekundiert Seewald seinem Kardinal, und obwohl das keine Frage ist, antwortet Ratzinger: »Es ist das ungeheure Ereignis, daß Gott wirklich Mensch wird. Daß er sich nicht als Mensch verkleidet, nicht eine Zeitlang nur eine Rolle spielt in der Geschichte, sondern es wirklich ist – und sich letztlich mit ausgebreiteten Armen am Kreuz zu dem offenen Raum macht, in den wir hineintreten können.«

In Gott hineintreten? Das möchte ich nicht, schon aus Höflichkeit. Auch das als Dauerbrenner angebotene »Geschenk Christi« wird zurückgeschickt: Ich will's nicht haben, brauchst du gar nicht erst nach fragen. Meine Sünden sind meine – dafür muß kein anderer gestorben sein, das mache ich dann selber, das geht auf den eigenen Deckel. Es ist eine

Frage der Würde, nicht mehr und nicht weniger. Ratzinger weiß das. Sein Verein ist angetreten, sie den Menschen abzujagen - auch wenn die Lattenjuppies tausendmal das Gegenteil behaupten. Daß Ratzingers Menschenfischerei und seine frühere Hauptkonkurrenz, die Hoffnungsnebelkerze Marxismus, mittlerweile weniger Menschen auf die Beine bringen als das Gebräu aus Esoterik und RTL 2, ist unerheblich. Die alten Quälgeister werden nicht besser, bloß weil es neue gibt.

Nachts in der DYBAR

Es gibt einige schöne Bars in Berlin, die Bar jeder Hoffnung zum Beispiel, die Bärchen-Bar, die MiniBar oder Mean's Motel, die Enklave des guten Stils im stillosen Moabit. Die schönste aller Bars aber ist die DYBAR. Sie ist noch ziemlich neu, sie liegt gut versteckt, und weil ich keinen Ausgehschreiberkopf spazieren führe, werde ich nicht verraten, wo. Es soll ja noch länger schön sein und bleiben.

Nur soviel: Ausgeheckt und aufgemacht hat die DYBAR Jan-Michael Richter, den man vor allem unter seinem Zeichnernamen Jamiri kennt. In seiner Parallelexistenz als 1/2-Wirt hat Richter gemeinsam mit Beate Kleinschmidt und Frank David in Essen-Frohnhausen ein verläßliches Bollwerk gegen die um sich greifende *New Gastronomy* errichtet – das Haferkamp. Wer etwas über die Dinge des Lebens wissen will, von denen das Trendbüro Horx garantiert niemals etwas ahnen wird, möge Jamiris neuen Laden aufsuchen:

DYBAR leuchtet es rosa in die Nacht, ein verheißungsvolles COCKTAILS AND »MORE« in Blau komplettiert die Neonbeleuchtung am Eingang. Das Interieur erinnert an die unzähligen Lokale namens Why not?, die es früher in fast jeder Stadt gab, und die seelenlosen Schischiläden weichen mußten. In der DYBAR werden sie noch einmal zum Leben erweckt: Hinter den Nebeln großzügig verzehrter Rauchwaren läßt sich schlichte Eleganz ausmachen. Man spürt sofort, daß man einen Klassiker betritt und erweist entsprechend Respekt. Die Bedienung ist männlich und auf uneinschüchternde Art gutaussehend. Als nadelstichkleiner Kontrapunkt zur Freundlichkeit dieser Gastwirtschaft hängt über dem Tresen das Bild »Der lächelnde Bischof« von Goya.

Der Barmann serviert mit traumhaft unmerklichen Bewegungen Cocktails, die »Ministrant« heißen, »Novize« oder »Johannes' letzter Wille«. Seltenen Irrläufergästen, die es dumpf und deutlich brauchen, schenkt der Barkeeper lächelnd ein Glas »Fuldaer Seifenbückling« ein. Die ihn tranken, kamen bisher nicht wieder. Auf die in Angeberclubs üblichen Knabberschälchen mit Viagra verzichtet die DYBAR selbstverständlich.

High, heilig und heimelig wird die Stimmung, wenn DJ Brötchen zu Ehren des seligen Namensgebers Militärbischöflich-Liturgisches auflegt, leise natürlich, zum Versenken und Versinken. Die Barbarei der Vollbeschallung ist hier ausgesperrt. Laut ist allein der allmorgendliche Rausschmeißer. Simone Borowiak und Hans Kantereit, zwei Fördermitglieder der DYBAR, schicken die Hausband ins Rennen: Dybas Witwen, drei nicht allzu sorgfältig rasierte Herren in pinken Kleidern, die herzzerreißend katholisch singen können, so offensichtlich und so gottvoll verlogen, wie nur Anhänger dieses speziellen Aberglaubens es vermögen. Wenn die Haushymne erklingt, sind es vor allem die älteren Besucher, die sich des Mitsingens nicht erwehren können: »Importierte Lustknaben, ja ja ja / die will ich alle haben, ja ja ja / je importierter, desto besser / ich bin der große Knabenfresser.«

Dann gehen alle nach Hause und haben süße Träume.

O Trunkenheitsfahrt, O Giftfestigkeit!

Aus dem Blaulichtmilieu

Es war 1990 in Frankfurt am Main. *Titanic*-Zeichner Achim Greser hatte soeben wieder einmal einem Wirt zu erklären versucht, daß Worte wie »letzte Bestellung« und »Sperrstunde« aus der deutschen Sprachgemeinschaft ausgeschlossen werden müssen, und zwar auf der Stelle. Wie immer waren Gresers Ausführungen gleichermaßen rhetorisch brillant wie erfolglos, und so machten wir uns mit seinem alten, klapprigen Damenrad auf die edle Suche nach weiterem Getränk. Ich fuhr, Greser saß auf dem Gepäckträger. Es ging eine dieser elenden Frankfurter Landstraßen entlang, ich ächzte bergan, und plötzlich schepperte es: Ein Auto rammte uns von hinten, Greser purzelte rücklings, boingte in den Kühler des Wagens hinein und knallte auf die Straße. Ich stieg im Freiflug über den Lenker ab und landete auf dem Knie.

Ich schaute mich um. Greser, ein Freund der Sandale, war seines Schuhwerks verlustig gegangen und krauchte strumpfsockig auf der Straße herum. Er suchte seine Brille, ein Glasbausteingerät Karl Eduard von Schnitzlerschen Ausmaßes mit zirka tausend Dioptrin. Mein Knie war aufgeschlagen und blutig. Hinter uns stand eine Zuhälterkutsche, ein roter Ford Mustang. Ein Mann und eine Frau, die gut zu dem Auto paßten, stiegen aus. Beide hatten eine Taschenlampe in der Hand und leuchteten den Wagen nach eventuellen Kratzern ab. Uns würdigten sie keines Blickes. Wir hätten tot sein können, ihnen war das wurscht, nur die Schaumacherkarre zählte. Zwei Fahrradfahrerleben bedeuteten allenfalls Scherereien.

Die Frau wurde fündig. »Die ham uns eine Beule in den Kühler gedotzt!« kreischte sie los. Mir reichte es. Erbittert über das Ausmaß an menschlicher Niedertracht und Verkommenheit gebot ich ihr, die Klappe zu halten und fügte, wie Funny van Dannen singt, »ein anderes Wort für Scheide« hinzu. Das war nicht klug – gab es doch ihrem Begleiter beziehungsweise Besitzer die ihm hoch willkommene Gelegenheit, seinem Ärger Luft zu machen. »Was hast du gesagt?« schrie er, stürmte auf mich zu, wobei er ein Klappmesser zog und die Klinge aufschnappen ließ. Er riß mich hoch, rupfte mir dabei das Hemd aus der Hose und hielt mir den kalten Stahl an den Bauch.

Ich spürte die Klinge, die mir wie ein Schwert erschien, quasi schon in meinen Eingeweiden wühlen. »Nichts«, log ich doof. »Ich habe nichts gesagt.« Der Mann schien wenig überzeugt und fragte abermals: »Was hast du gesagt?« Ich blieb bei meiner Lüge, er ließ von mir ab, ging zu seinem Wagen zurück und telefonierte. In Nullkommanichts kreuzten die Mehlmützen auf. Sie verstanden sich blendend mit dem Luden. War es die natürliche Allianz der Schnäuzerträger? Autofahrersolidarität? Standen sie auf seiner Lohnliste? Hatte er ihnen einen Gratisorgasmus versprochen? Wir erfuhren es nie. Als aber der Ford Mustang abfuhr, nahmen die Petermänner Haltung an und winkten ihm nach. Uns schleiften sie auf die Wache.

So kamen wir vom Rotlicht- ins Blaulichtmilieu. Ein Mann im Kittel zapfte uns Blut ab, ein Uniformierter hackte den Vorwurf »Trunkenheitsfahrt« in seine Schreibmaschine; für die Schönheit und für den magischen, sirenenhaft sehnsüchtigen Klang dieses Wortes – O Trunkenheitsfahrt ...! – hatte er keine Ader. Daß der Schock uns wieder hatte nüchtern werden lassen, wurde zu unseren Ungunsten ausgelegt: Im Protokoll war von »erhöhter Giftfestigkeit« die Rede. Was für ein Fest, dieses Giftfest: Schmeißt mich ins Säurebad, spritzt mir Heroin aus der Familienpackung, egal. Ich bin giftfest.

Für immer, darin muß man Achim Greser folgen, seien die letzte Runde und die Sperrstunde vom Erdball verbannt. An ihre Stelle aber sollen treten die Giftfestigkeit und die Trunkenheitsfahrt auf dem Damenrad.

Lob der Aspirin-Tablette

Ein morgendliches Küchenlied

Schädel, was tust du mir weh!
Alkohol hat mich genudelt.
Ich weiß nicht, werwo ich bin.
Aspirin - kriegst du das hin?
Ein ganzes Päckchen sprudelt
und schäumt optimistisch, plus C.

Schönster Sturm im Wasserglas
Wirst du mich wieder heilen?
Dein Name macht mir Mut.
Aspirin - wird alles gut?
Kannst du dich bitte beeilen?
Glaub mir, das ist jetzt kein Spaß.

Weißt du, Aspirin-Tablette
Wenn ich zu bestimmen hätte
Ich machte dich zur Königin.
Dich, meine Lebensretterin.
Du bist das beste Adelshaus:
Die Fürstin von Saus und von Braus.

Milder als Mutter Teresa
Hilfst du schon nach Sekunden
Dann lichtet sich der Schädelbrei
Aspirin - es ist vorbei!
Der Muskopf ist überwunden
Ein brandneuer Morgen ist da.

Glaub mir, Aspirin-Tablette
Wenn ich zu bestimmen hätte
Ich machte dich zur Königin.
Dich, meine weiße Ritterin
Du bist das schönste Adelshaus:
Du Fürstin von Saus und von Braus
Du Fürstin von Saus und von Braus.

Ist Günther Pfitzmann ein Bundeswehrbeleidiger?

Günther Pfitzmann, Klischee des vor sich hin dünstenden Berufsberliners, hat einmal in seinem Leben eine große Rolle gehabt. In Bernhard Wickis Film »Die Brücke« spielt er einen Wehrmachtssoldaten, der ein paar Jungs, die scharf aufs Heldentum sind, das Leben zu retten versucht und dabei sein eigenes verliert. Er wird von der Feldgendarmerie, der Militärpolizei der Wehrmacht, erschossen. »Verdammte Kettenhunde!« ruft er. Ein paar Sekunden später ist er tot. Das war im Film und doch wahr; in der wirklichen Wirklichkeit wurden Deserteure und Defätisten zu Hunderten von der Feldgendarmerie erschossen.

Kettenhunde hießen die Feldgendarmen wegen des Brustblechs, das sie an einer Kette trugen. Die heutigen Militärpolizisten heißen Feldjäger und sind sehr sensibel. Kettenhunde möchten sie nicht genannt werden; erfüllt man ihnen diesen Wunsch nicht, fühlen sie sich beleidigt und laufen zur Staatsanwaltschaft. Zwar legt die Bundeswehr großen Wert auf Tradition, und noch immer sind Dutzende ihrer Kasernen nach Wehrmachtsoffizieren benannt, die treu die Befehle ihres Vorgesetzten Adolf Hitler befolgten. Die einzelnen Soldaten aber, und speziell die Feldjäger, stehen eben nicht in der Tradition der Wehrmacht. Sondern wahrscheinlich in der von Jesus Christus.

Das Bedürfnis nach Blutbädern ist demokratisiert. Alle dürfen mitmachen. Man muß nicht pervers sein, um anderen gerne beim Krepieren zuzusehen oder sich sogar selbst an diesem auf- und anregenden Vorgang zu beteiligen. Der Soldat von heute tötet nicht, wenn er tötet – er hilft. Und ist moralisch geadelt – wegen der Menschenrechte, für die er eintritt. Wer braucht noch Stalinorgeln, wenn er Menschenrechte haben kann? Menschenrechte sind die schärfsten Waffen. In ihrem Namen darf man einfach alles.

Auch wer einer Minderheit angehört, hat selbstverständlich das Menschenrecht, genauso blutrünstig zu sein wie Leute, die verrückt genug sind, um sich deshalb für normal zu halten. Homosexuelle und Behinderte müssen dringend hinein in die Bundeswehr! Auch Krüppel können killen, notfalls wird das technische Gerät ein bißchen angepaßt. Und wer Männer liebt, kann sie doch trotzdem umbringen – töten wir nicht immer, was wir am meisten lieben?

Das gilt auch für Frauen – die allerdings keine Minderheit sind, sondern die Mehrheit. Und endlich tun dürfen, was getan werden muß: soldatisch nach Schweiß und Bierfurz riechen, nach Käsfuß und Kasernenspind. Und Menschen helfen – in die andere Welt, die ohnehin eine bessere ist.

Ich sage das nicht in beleidigender Absicht. Ich bin seit vielen Jahren staatlich geprüfter Bundeswehrbeleidiger und brauche nicht zu beweisen, daß ich das kann. Außerdem kann man Leute nicht beleidigen, die freiwillig andere umbringen, dafür bezahlt werden und die, falls es Beschwerden gibt, ganz bequem durch Befehl gedeckt sind. Zwar kommt das Wort Soldat von Sold, aber der Soldat von heute will dennoch kein Söldner sein, kein mieser Mietling. Der Soldat von heute darf für Menschenrechte kämpfen und töten, also zwar auch für Geld, vornehmlich aber für die Ehre. Jeder kämpft eben für das, wovon er am wenigsten hat.

Respect, don't do it!

Immer wieder verblüffend sind junge Männer, die einem mit den Fingern vor dem Gesicht herumfuchteln und verlangen: »Respekt!« Warum nur? Wofür? Für wen? Für was? Einfach so? Nur für dasein? So hätten sie es gern, stochern weiter in der Luft herum und schreien: »Respekt!«

Häufig bringen sie dazu ihre geballte Lebenserfahrung in holprige Reime und werfen dieses enorme Gewicht in die Waagschale. Nicht wenige kultivieren eine Art Pidgindeutsch: »Ey Allta, geb isch disch korreckt! Ey Allta, hau isch Fresse!« Das ist natürlich höchst respektabel; deshalb ist die Verwunderung der jungen Männer darüber auch so groß, daß die Welt nicht ehrfurchtsvoll beiseite tritt, wenn sie des Weges gestampft kommen. In tiefe, ehrlich empfundene Gekränktheit schlägt diese Verwunderung um, wenn die Welt, so sie weiblich ist, nicht vor ihnen auf die Knie fällt zur Fellatio. Und anschließend haucht: »Oooh, bist du guuut!«

Denn darauf haben sie ein Anrecht. Wenn ihnen das verweigert wird, werden sie sauer. Richtig stinkig. So eine Respektlosigkeit! Sie haben doch alles, was tätige Bewunderung auslösen muß: Lack oder Schmiere im Haar, Angeberklamotten, Ringe und Kettchen in ausreichender Menge, gern ein Fotzenbärtchen oder hausschlappenbreite Koteletten – allesamt Insignien ihrer Großartigkeit. Wie kann man ihnen da den Respekt verweigern?

Wo sie doch auch Kloppsport machen und schlechte Musik hören können. Das sind doch wichtige Fähigkeiten! So richtig den Max raushängen lassen! Den Charme eines Bulldozers auspacken, und ab geht's! Raumgreifend den Lauten machen! Was ist das nur für eine miese, schäbige Welt, die ihnen dafür nicht an den Lippen hängt respektive an der Pupe nuckelt?

Manchmal können sie sogar lesen und schreiben und haben einige Wörter gelernt. »Definitionsmacht, Baby!« oder »Deutungshoheit«. Dann machen die jungen Männer in Kultur. Kultur geht so: Was muß man hören, was muß man tragen, was muß man sagen? Wie muß man sein? Was darf man nicht? Wie spricht der aktuelle DIN-A-Null-Kopf? Welches Schuhwerk trägt er, welches Zierbuch liegt aufgeschlagen auf dem Tisch? Welcher Dickdenker ist Accessoire des Monats?

Aufgeregte Benimmlehrer werden es dir erzählen, ob du willst oder nicht. Früher gab es dafür Frisöre und Tanzschulen. Heute hat das Feuilleton diese wichtige Aufgabe übernommen. Doch hinter dem Krawattenknoten sitzt das Schlucken im Hals, das bibbernde Ego, das ganz arme Betteln um Respekt.

Der aber wird nicht gewährt, nicht für nichts. Das ist eine gute Regel. Die Welt, das ist der große Jungmännerschmerz und -jammer, nimmt niemals genügend Notiz, beachtet sie niemals gebührend, sieht durch sie hindurch, weicht ihnen aus, wenn sie Aufmerksamkeit erpressen, oder, und das ist das Ärgste, begegnet den aufgeplusterten Komplexies mit milde amüsiertem Spott und singt: »Respect, don't do it!« Da könnten sie dann heulen vor Wut und trösten sich mit einer Fassade, die sie zum Stil verklären.

Von Spiegelbildern umstellt steht der junge Mann in der Welt herum und wütet darüber, daß er von selbstmitleidigen Eiweißschleudern umgeben ist.

Zehn Jahre was?

Nur Unerwachsene, Schwächlinge und Feiglinge sind stolz darauf, einer Nation anzugehören. Wer selber gehen kann, braucht kein Vaterland.

In meiner Brieftasche steckt ein deutscher Ausweis. Ende 1989, nach der tollwütigen, besoffenen Kopulation der Deutschen, bot ich ihn in einem Zeitungsartikel zum Tausch an. Eine Schweizerin mit dem schönen Namen Paula hätte ihn aus beruflichen Gründen gern gehabt. Sie wollte in Großbritannien arbeiten, und ein EG-Dokument hätte ihre Chancen erhöht. So waren wir kurzzeitig verlobt, schrieben uns schnittige Briefe, und ihre Freunde bemerkten, daß Wiglaf wie das schweizerdeutsche Wyglas klinge, was Weinglas bedeutet. Das gefiel mir gut. Pässe und Staatsbürgerschaften tauschen aber geht nicht, denn Staaten, das weiß man spätestens seit B. Travens »Totenschiff«, sind verbohrte Konstrukte, nicht zum Wohl ihrer Angehörigen erdacht, sondern allein zu ihrer Unterdrückung.

Zum zehnten Jahrestag ihrer offiziellen Wiedervereinigung sorgten sich die Landsleute wieder einmal ganz schrecklich um sich selbst. Das ist wohl das Ekelhafteste an den Repräsentanten des Landes: daß sie sich ständig nur um sich und ihre Chimäre von »Deutschland« drehen. Kein Wunder, daß sie dabei allerlei Wahnvorstellungen davontragen. Wenn zum Beispiel Michel Friedman ernsthaft glaubt, er müsse gemeinsam mit dem gleich ihm öligen Franz Beckenbauer ausgerechnet gegen Rechtsradikale posieren, dann muß er das wohl tun. Warum sein Verein dann allerdings nicht »Visagen gegen rechts« heißt, bleibt rätselhaft. Weit mehr Erfolg als das extra-vergine-Gegriene mit Promis verspricht der Vorschlag der Kollegin Tine Wagner: AIDS gegen rechts, unter der Schirmherrschaft Michael Kühnens und der Bundesregierung.

Statt dessen aber erklärt der Grüne Fritz Kuhn: »Wir dürfen die Nation nicht den Rechten überlassen. Das wäre gefährlich.« Ja, wo käme man hin, wenn man den nationalen Wahn den Rechten überließe? In so erfreuliche Gefilde, daß für einen grünen Karrierebürokraten kein Platz freigehalten würde. Und auch nicht für seinen Kanzler, den petrifizierten Sich-nach-oben-Schläger Gerhard Schröder, der mit Staatsmiene erklärte: »Wegschauen ist nicht mehr erlaubt. Wir brauchen einen Aufstand der Anständigen. Und ich weiß, daß das die übergroße Mehrheit ist.« Daß der *Bild*-Kanzler schlicht gestrickt ist, kann jeder wissen, der Ohren hat; vielleicht könnten aber die Jungs, die dem Mann seine Nullsätze basteln, ihm etwas sagen: Nicht das Wegschauen ist das Problem, sondern das Hinglotzen. Das argumentfreie »Wir dürfen nicht wegsehen!«-Gekreische hat schon Christoph Daums Geisteszwilling Rudolf Scharping in seinem Kriegstagebuch verbraucht. Und »anständig« war das Lieblingswort des SS-Führers Heinrich Himmler, der seine SS-Leute dafür lobte, daß sie »immer, auch in schwierigster Lage, anständig geblieben« seien – Himmler meinte damit, daß die SS-Männer bei der Ermordung der Juden reibungslos funktionierten. Das sollte man immerhin wissen, bevor man großklappig eine zumindest hoch zweifelhafte deutsche Anständigkeit mobilisiert.

Deutschland, einig Finkelstein

(nicht nur sauber, sondern rein)

Der 7. Februar 2001 ist ein aufschlußreicher Tag für Beobachter deutscher Befindlichkeiten. Norman Finkelstein stellt in Berlin sein Buch »Die Holocaust-Industrie« vor. Auf so einen Messias von der Stange haben viele Deutsche jahrelang gewartet, auf einen, der endlich ihr kindisches, aggressives Bedürfnis nach Erlösung befriedigt. Zwar spricht Finkelstein, als spule er in seinem Kopf ein Endlosband ab, aber das stört seine Anhänger nicht, denn der Mann spricht sie frei und erzählt ihnen, was sie so gerne hören: wie gutmütig die Deutschen seien und wie sie ganz schlimm ausgenutzt und betrogen würden von den Juden, denen es auch beim Holocaust wieder nur um Geld gehe. Von »Bereicherung« redet Finkelstein, von »Wiedergutmachungsschwindel« und von »kriminellen Erpressern« – seine deutschen Fans liegen ihm zu Füßen.

Geschwätz dieser Machart gibt es in Deutschland an vielen Ecken gratis. Als Martin Walser aussprach, was die späten Hitlerjungs von der *Jungen Freiheit* zwar meinen, aber nicht so zu formulieren wissen, wurde das Gespenst vom Bodensee für sein Gegnattere als mutiger Verteidiger der Meinungsfreiheit gefeiert. Doch Finkelstein hat gegenüber dem Schlußstricher Walser und seinen willigen Afterplapperern einen unschätzbaren Vorteil: Er ist Jude und damit der ideale Kronzeuge für Deutsche, die sich von der Last der Geschichte befreien wollen. Antisemitismus ist die Religion der Kleinbürger, das Lieblingsressentiment all derer, die immer einen brauchen, den sie im Verein mit vielen anderen hassen dürfen, weil sie selbst und ihr Leben so schäbig sind. Für dieses klebrige deutsche Gebräu aus Heil! und Heilungsbedarf ist

Norman Finkelstein der adäquate Heiland: Mit seiner Hilfe können verdruckste Deutsche sich einen Freiheitskampf für eine selbstbewußte Nation vorspielen und dabei noch mit dem Finger auf andere zeigen.

Weil sie nichts wissen wollen, behaupten die Finkelstein-Claqueure penetrant, sie wüßten schon viel zuviel. »Nie wieder Auschwitz!« ist zum nationalen Schlachtruf geworden. Er beschreibt keineswegs den Wunsch, die industrielle Massenvernichtung von Menschen möge sich nicht wiederholen, sondern vielmehr das geheiligte Recht der Deutschen, von ihren Verbrechen nichts mehr hören und kein Opfer entschädigen zu müssen.

»Nie wieder Auschwitz!« war auch die Parole der deutschen Regierung beim Eintritt in den Krieg der Nato gegen Jugoslawien im Jahr 1999. Hin und wieder brauchen die Deutschen es noch, ihr gutes altes Auschwitz: wenn es gilt, neue eigene Verbrechen moralisch zu decken. Am Tag nach Finkelsteins Berliner Auftritt zeigte die ARD den Dokumentarfilm »Es begann mit einer Lüge«. Die Autoren Jo Angerer und Mathias Werth weisen akribisch nach, daß Rudolf Scharping log, als er den militärischen Einsatz mit Massakern und Konzentrationslagern begründete. Nato-Sprecher Jamie Shea lobt Scharping ausdrücklich dafür, wie er Stimmung für den Krieg machte, indem er mit zwangsjackentauglichem Tremolo beispielsweise behauptete, in Pristina wäre das Fußballstadion in ein KZ umgewandelt worden. »Rudolf Scharping machte einen guten Job«, sagt Shea, der PR-Chef des Krieges, und attestiert auch Gerhard Schröder und Joseph Fischer, »großartige Führer« gewesen zu sein, die es verstanden, »die öffentliche Meinung zu formen«. Was sehr wichtig war: »Hätten wir die öffentliche Meinung in Deutschland verloren, hätten wir sie im gesamten Bündnis verloren«, konzediert Shea. Rudolf Scharping, von Angerer und Werth mit seinen Widersprüchen konfrontiert, reagiert vollkommen unsouverän. Versteinert sitzt er da, wie in sich selbst eingenäht, die Wahrheit aggressiv abwehrend, zwanghaft, knurrend, pathologisch: einer, der sich rächen muß - für was auch immer. Hätte es die Shoah nicht gegeben, Scharping hätte sie erfunden, um seiner billigen Existenz Gewicht zu verleihen. Rudolf Scharping ist Norman Finkelstein.

Aus der Welt der Weltverschwörer

I.
Dunkelmänner, schwer verfluchte
Straßenschluchten, arg verruchte

Messer zwischen schlimmen Zähnen. –
Wie naiv, die da nur gähnen.

II.
Aber manche passen auf
Auf die Welt in ihrem Lauf:

»Bubis, diesem Schweinehund
Gehen wir jetzt auf den Grund!

Hängen alle doch mit drin
Stecken unter einer Decke

Beim Vertuschen und Verschweigen
Und beim Bess're-Welt-Vergeigen

Mancher könnte manches wissen:
Wisper wisper, raune raune

Tuschel tuschel in die Ohren
Mantche Buttje in de See

Könnte allerdings auch anders
Möglich wäre dies und das

Irgendwo im dunklen Moskau
Vielleicht sogar Fischer-Dieskau?«

III.
Die im Dunkeln sieht man nicht
Man munkelt's nur, man weiß es nicht.

Das ist bitter und fatal
Und viel mehr: Es ist letal!

Weil stets irgendwo wer lauert
Und es nicht mehr lange dauert

Bis der Gaga-Gack-Garin
Herrscht im Lande Klandestin.

IV.
Zwischen Mata Haris Strapsen
Hört man Nachtigallen trapsen

Und dem Gras beim Wachsen zu.
Niemals hat man seine Ruh.

Puuuh …

Bin ich ein Volksfeind?

Anfang Juni 2000 wurde das Schatzkästlein des öffentlichen Wissens um die Information erweitert, daß der Berliner Publizist Michael Rutschky »immer gern Auto gefahren« ist. Das ist ja hochinteressant, dachte ich und las die Autopassage in Rutschkys Essay gleich noch einmal: »Und was halten Sie von Rezzo Schlauchs Apologie des Autos? Wie die Grünen wieder mal eine Position aufweichen, bloß der Teilhabe an der Regierungsmacht willen? – Nun, hier kann ich zur Abwechslung mal im Brustton antworten: Ich bin immer gern Auto gefahren, und ich halte die orthodoxe grüne Position seit langem für volksfeindlich. Es käme darauf an, das Auto als kulturelle Errungenschaft der Massen zu explorieren.«

Wenn im Film Autos explodieren, ist das meist sehr langweilig. Das Auto explorieren – also entdecken – dagegen ist aufregend. Man sieht Michael Rutschky im ölverschmierten Blaumann durch die Geschichte taumeln, auf der Suche nach dem Erfinder des Volkswagens. Nach einer langen Expedition findet Rutschky am Ende der Welt einen kleinen, verhuschten Konstrukteur. Rutschky geht auf ihn zu und sagt feierlich: »Dr. Porsche, I presume?« Ferdinand Porsche drückt vor Rührung eine Träne ab. Dann schraubt er weiter.

So könnte sie sich abspielen, die Explorierung des Autos als kulturelle Errungenschaft der Massen. Als ich Rutschkys Aufsatz las, war ich gerade für einige Tage im Autoparadies Essen. Ich wohnte direkt an der Alfredstraße. Der Verkehrslärm dort ist so groß, daß auch bei geschlossenen Fenstern und heruntergelassenen Jalousien kein Schlaf zu haben ist; nur zwischen halb drei und halb fünf morgens konnte ich ein wenig nickern – have a nap, wie der Engländer sagt. Ich hatte viel Zeit, die Ausführungen des Essayisten zu bedenken. Besonders das Wort »volksfeindlich« tat es mir an; ich hatte es so lange nicht mehr gehört. Eines späten Abends erschien mir Herr Rutschky in einem Wachtraum. Er sah aus wie blank gebohnert und rief mir zu, was er meinte. Leider konnte ich ihn nicht verstehen - die Autos waren zu laut. Rutschky verschwand, und ich fragte mich: Wenn Leute, die beim Anblick eines Autohofs nicht das Singen anfangen, »volksfeindlich« sind - wer ist dann ein Volksfreund? Michael Schumacher, das champagnerspritzende Bananenkinn? Huschke von Hanstein? Der Chefredakteur der Zeitschrift *Autor Rutschky Sport*? Die Vorstandsmitglieder des ADAC? Oder Rezzo Schlauch, der alles, was er im Leben je von sich gab, anderen nachquakelt, weil sie ihm gerade erfolgreich scheinen? Muß man solch ein geistiges Rosinenbrötchen sein, um es zum Volksfreund zu bringen? Ist der Volksfreund einer, der geschwollen zu den Dummen spricht, um sie glauben zu machen, sie seien so klug wie er?

Das Volk ist immer das, was diejenigen, die über das Volk reden, gerade brauchen. Was eben noch eine Ansammlung von Badelatschen tragenden Bollos oder ein Brandenburger Lynchmob war, kann schon morgen als heroisches »Wir sind das Volk!«-Volk exploriert werden. Wer dann nicht mitjubelt, ist ein Volksfeind.

Im Herzen des Pietcong

Solange man noch nicht ganz und gar ertaubt ist, soll man Konzertsäle meiden. Diese weise alte Regel war mir, da ich sie selbst aufgestellt habe, wohl bekannt. Freundschaft aber steht über allen Regeln, und um einem Freund zu Gefallen zu sein, ignorierte ich das Gesetz und begab mich wehrlos mitten hinein in eine pietistische Matinee. Wer das tut, darf sich später nicht beschweren. Um es für die Leser kürzer zu machen als für mich: Es war hart.

Das Kunstlied ist der Schlager des Bildungsbürgers. Für den Normalschlager, den Durchhalteschrei zwischen Roy Black und Stefan Raab, interessieren sich armselige Proleten, lauthalse Zwangslacher, die sich für ironisch und Schlager für - Vorsicht, ekliges Wort - »Kult« halten, und jene bedauerlichen wie gemeinen Existenzen, die ihre Homosexualität zu einer Schwuchtelnummer heruntergebracht haben. Das Kunstlied zieht anderes Publikum an, gesetztes, gesittetes Bürgervolk mit so ordentlicher Fassade, daß nur Entsetzliches dahinter sich verbergen kann: die Herrschaft des Pietcong.

Gegeben wurde Musik der Sorte Prädikat wertvoll. Der Dirigent wußte, wie man mit steinernster Miene den Gestus des Hochrespekts aus dem Publikum herausknebelt, und die braven Zuhörer trugen in ihren Mienen die feste Entschlossenheit zur Schau, sich - frei nach Morgenstern - am musikalischen Gedanken / moralisch hoch emporzuranken. Schon der Versuch, Musik zu einer Statusangelegenheit zu machen, ist strafbar, und Strafe kam. Die Mezzosopranistin, eine freundlich aussehende Dame in Vatikanviolett, war eine echte Konkurrenz für die Kreissägen dieser Welt. Die Worte

Mark und Bein nahmen den Kopf zum Gefangenen. Das lag weniger an der Sängerin als an ihrem Genre: Seit langem schon ist der geschriene Sopran von Amnesty International geächtet. Allein, was hilft es? Immer mit, immer mit, mit dem Hindemith, so geht es zu im Kunstgesang. Leser von Tim und Struppi wissen, was es bedeutet, wenn die Castafiore ums Eck droht. Und doch gibt es ein Schlimmeres: das Hochleistungsgeschrei von Whitney Houston. In Frau Houston wurde das Singen zur Olympiadisziplin; ihr Koloraturgekeife ist mit Doping allein nicht mehr zu erklären. Whitney Houston ist der Beweis dafür, daß auch Gesang genmanipuliert sein kann.

Psst - Obacht - Kunst: Ein Pianist trat auf und hob die Hände, als wolle er sich eincremen. Doch er salbte nur das Klavier. Plink-ploink ertönte, das Geräusch der Hochkultur. Hin und wieder stocherte er, die Finger wild gespreizt, in die Tastatur hinein wie der Vogel Greif. Dann wurde es richtig laut. Wollte er sichergehen, daß niemand schlief?

Dennoch beneidete, ja benitt ich den Pianisten sehr. Dafür konnte er wenig, denn mit seinem Wachtmeisterbart und seinem am Hinterkopf stark durchgewachsenen Knie wußte er eventuellen Neid auf äußeren Glanz kompetent zu unterbinden. Dem Mann saß aber ein Mädchen zur Seite, ein kreuzbraves Mädchen aus gutem Hause mit blondem Pferdeschwanz. Konzentriert hockte dieser Bürgertraum von Wohlanständigkeit neben dem Pianisten und lüftete in regelmäßigen Abständen sacht das Gesäß, um dem Mann die Noten umzublättern. Genau das will ich auch! Ich will, wenn ich öffentlich lese, daß ein kreuzbraves Mädchen aus gutem Hause mit blondem Pferdeschwanz mir die Seiten umblättert. Heda, Lesungsveranstalter: Ab sofort nie mehr ohne! So viel Kulturleistung muß sein.

»Leben ist leiden«, sagte Buddha. Wenn man in Stuttgart im Sonntagvormittagskonzert sitzt, weiß man, was der Mann meinte. Um das Leiden zu vermeiden, suchte Buddha den

Pfad der Weisheit. Es war der Weg, der souverän an allen Konservatorien vorbeiführte.

Endlich durfte man »endlich!« seufzen und gehen. Mit den gütigen Worten »Suppe ist Leben« eröffnete der Stuttgarter Buddha Vincent Klink dem angebrochenen Tag noch einen frischen Horizont. Los ging es, der Suppe entgegen. Die Gastwirtschaft, in der wir am Ende landeten, hatte aber noch Besseres zu bieten: »Saftiges Tellerschnitzel vom Hals«, lockte eine Tafel. So was muß man sich erst mal vom Hals schaffen. Drinnen gab es dann sogar noch »Kotelett Western Art«. Western Art heißt: scharf gebrutzelt und Chilibohnen drübergekippt. Danach tat der Magen so weh, daß man wieder wußte, warum einst der Schnaps erfunden wurde. Und so, an Geist, Seele und Körper gleichermaßen gemangelt, traten wir dem Rest des Tages und der Welt entgegen: gebadet in den Auswüchsen der Musik und der Kulinarik wie Siegfried im Blut des Drachen, unschockierbar geworden, gefaßt und entspannt der weiteren Hiebe harrend, die noch kommen sollten. Denn daß es Hiebe regnet, so man die Welt betritt, das ist mal sicher.

Tröster ohne Trost

Gott als Peiniger: Van Morrison in der Düsseldorfer Philipshalle

Es ist unfaßbar. Van Morrison steht auf der Bühne, schnipst mit den Fingern und singt ein Medley der totgespieltesten Rock'n'Roll-Oldies, »Hound dog« und »Roll over Beethoven«. Pianistin und Sängerin Linda Gail Lewis, die vor allem anderen sehr unüberhörbar »Thank you SO much« sagen kann, stakkatiert, zieht die Finger durch die Tasten und läßt keine Launigkeitsgeste aus. Eine Band, die solide, in Musikersprech »amtlich«, also ohne Inspiration ihren Job macht, spielt die Klassiker vom Blatt. Die Notenständer sind beleuchtet.

Das Klatschmarschbedürfnis des Publikums ist nach anderthalb Stunden langsam befriedigt, aber noch werden munter die Hände ineinandergepatscht. Wer Van Morrison für seine Poesie liebt und verehrt, hängt ratlos im Gestühl.

Man durfte Angst haben vor diesem Konzert. Van Morrisons Platte »You win again«, gemeinsam mit Linda Gail Lewis aufgenommen, der Schwester von Jerry Lee Lewis, ist, wie im Schnitt jede zweite bis dritte von Morrison, mißraten. Diese ist muffig, angestrengt und mißachtet konsequent alle Stärken Morrisons. »Ein erstaunlich energetisches und mitreißendes Album, das den alten Herrn mit jugendlichem Rhythm'n' Blues-Elan zeigt«, schreibt die Plattenfirma Virgin dazu. Das ist für einen Werbetext nicht einmal besonders gelogen – Morrison macht hier tatsächlich auf junger Mann, spielt sogar Stromgitarre, und genau dieses juvenile Vorzeigetum bekommt ihm und seiner Musik überhaupt nicht. Im Konzert greift er dann auch einmal zum Saxophon. Minuten tödlichen Gequietsches folgen, und der Jubel der Zuschauer über das musikantische Potential ist groß. Musik aber, wie Van Morrison sie zu machen versteht, gibt es nicht zu hören.

Wer die Welt mit Werken wie »Into the music«, »Irish heartbeat« und »The healing game« beschenkt hat, der darf alles, sogar schlechte Platten machen – Platten weit unter den eigenen Möglichkeiten. Als treuer Verehrer erträgt man das – obwohl die Verwunderung darüber, daß einer, der in seinen besten Phasen mit den Sternen spielt, auch fiese Durchschnittsgrütze herstellen kann, über all die Jahre nicht weniger geworden ist. Am irritierendsten ist, daß Morrison seine eigenen Griffe ins Klo niemals zu bemerken scheint.

Im Sommer 1998 in der Berliner Wuhlheide sah ich den zauberhaften kleinen Fettling in würdiger Pose kochend vor Wut, aus dem – eigentlich sehr weit geschnittenen – Jackett fast herausplatzend, ohne ein Wort für das Publikum, böse Giftpfeilblicke an seine Musiker versendend, einen Ommahut mit geschmacklosem Hutband auf der Rübe. Selbstverständlich bewegte sich der Mann nicht. Stoisch ließ er eine Fallbeilversion von Dylans »Just like a Woman« auf das Publikum heruntergehen, nach der man sich fragte, was noch kommen könne. Es kam Candy Dulfer, die ein in jeder Beziehung blank poliertes Saxophon spielt und auf der Bühne so maskenhaft lasvegasglatt ist, daß man davonlaufen möchte vor ihr und ihrem Grinsesound. Morrison ging sie derartig an, daß er sich fast die Unterhosen ruiniert hätte: »Oooh ooh Candy, isn't she great, isn't she sweet, ooh oooh …« Einen, der »When that rough god comes riding« so singt, daß man ihn für genau diesen kein bißchen duften, sondern im Gegenteil hart rächenden Gott halten kann, zum Vollhorst sich machen zu sehen, tut schon weh. Andererseits ist einer, der so gottvoll singt wie Morrison, natürlich nicht verpflichtet, für uns eine gute Figur abzugeben.

Wenn es in dem Wirrwarr von Widersprüchlichkeiten und einander fast ausschließenden Stil- und Qualitätssprüngen eine erkennbare Kontinuität gibt, dann diese: Van Morrison verfügt über alle musikalischen Möglichkeiten, aber über keinerlei Geschmackssicherheit in Fragen der Religion, der Musik und der Liebe – eine Trinität, die für ihn ohnehin EINS ist. Auf seiner Suche nach Erleuchtung verirrte sich Van Morrison sogar bis hin zum Scientologenchef Ron L. Hubbard, bei dem es außer einer gefräßigen Brieftasche nichts zu holen gibt, was Morrison allerdings auch vorher hätte wissen können. Aus seiner Abrechnung mit dem religiösen Erzbetrüger und Abgreifling aber sprang die großartige Platte »No Guru, No Method, No Teacher« heraus, und so gesehen kann man sich viele spirituelle Irrtümer von Van Morrison wünschen. Als er in den neunziger Jahren eine ehemalige Miss Ireland heiratete, ließ Morrison sich prompt von ihr interviewen und poposierte, um die Peinlichkeit noch zu steigern, mit ihr und zwei angeleinten Windhunden auf dem nächsten Plattencover. Es sah fürchterlich aus.

Auf dem Cover von »You win again« sieht man ihn neben Linda Gail Lewis, irgendwie schief lächelnd, einen Cowboyhut auf den Kopf gestülpt, die Augen mit einer dunklen Pilotenbrille bedeckt, und ein Halstüchlein schneidet tief in diverse Kinne. Warum tut der Mann das? Erblindet er, wenn er liebt? Wird er so taub, daß er nicht hört, was er tut?

Beim Konzert in Düsseldorf im November 2000 schien es so. Die Notenpultband spielte »Fire in the belly« und »When the leaves come falling down« mit der hörbaren Unfähigkeit, die Poesie der Stücke zu erkennen. Druckvoll wurde losgerumpelt, und alles war im Eimer. Morrison machte ein paar bejubelte Hochleistungsjazzrockgesangseinlagen, als gälte es, einen Wettbewerb zu gewinnen, und eines seiner schönsten Lieder, »From the dark end of the street to the bright side of the road«, bekam vor lauter Jugendlichkeitsanstreicherei einen Ska-Off-Beat verpaßt. Als aber einige wirklich junge Menschen ihrer Enttäuschung über die Verweigerung von

Musik an diesem Tanztennenabend durch eben Tanzen Luft machen wollten, eilten Ordner mit Taschenlampen herbei und beschieden: »Hier ist Tanzen verboten.« Einer sagte noch bedeutungsvoll: »Das ist hier ein Fluchtweg.« Die Antwort, die er bekam, war der einzige Trost an diesem trostfernen Abend: »Dann laufen Sie doch schon mal vor.«

Poesie mit Gott und Yeti

Die Wanderausstellung »Kleine Nachtmusik« mit Bildern von Bernd Pfarr

Zarte Freude in rauhen Mengen spendet Bernd Pfarr, und das schon so lange. Seine »Dulle«-Comics aus den Achtzigern sind längst vergriffen, *Kowalski*, die Zeitschrift, in denen sie erschienen, ist seit Ewigkeiten pleite. Sein »Sondermann« ist einer der letzten zwingenden Gründe, allmonatlich die *Titanic* durchzuschauen, und seine Bildgeschichten für das *Magazin* des Zürcher *Tages-Anzeigers* brachten nicht wenige Deutsche dazu, regelmäßig gutsortierte Zeitungskioske anzufahren. Das zahlenmäßig größte Publikum erreichte Pfarr im verblichenen *Zeit magazin*, wo er die Form des Kurzromans in Wort und Bild zur Meisterschaft brachte. »Wenn meine Frau ihre flache Hand auf meinen Bauch legte, um auf mein leichtes Übergewicht anzuspielen, verschaffte ich mir eine gewisse ausgleichende Befriedigung, indem ich mit dem Nagel meines Zeigefingers ganz sanft die feinen Furchen ihrer Orangenhaut nachzog«, ist ein Bild untertitelt, das ein Pärchen im Strandkorb in scheinbar inniglicher Umarmung zeigt. Doch bei Pfarr ist selten etwas das, was es zu sein scheint. Überall lauern doppelte Böden, das Leben ist brüchig und voller Überraschungen – reine Poesie eben.

Wie Funny van Dannen in seinen Liedern die Dinge des Lebens beseelt, hauchen Pfarrs Bilder dem Alltag ein traumhaftes Leben ein. Gefährlich ist ein Sofa mit Treibsandfüllung, der abscheuliche Schneemensch traut sich kaum mehr aus dem Haus, seit er in der Zeitung etwas über den Yeti las, und der im Dutzend für tot erklärte Gott ist bei Pfarr springlebendig: ein sympathischer älterer Herr, der Taxi fährt oder etwas kauzig am Weltuntergang bosselt.

Sogar die schwierige Hürde der Werbewelt hat Pfarr elegant genommen. Als er vier Bilder zugunsten des Autoherstellers Renault malte, die als Anzeigen u. a. in *Bild am Sonntag* erschienen, erzeugte er auch damit nur ungetrübte Freude. Er verströmte Schönheit an einem häßlichen Ort, ohne von dessen Häßlichkeit berührt zu werden. Daß es sich um Werbung handelte, nahm man erst auf den zweiten Blick wahr, und auch da blieb das schale Gefühl von Reklame aus. So unabhängig und eigenartig ragen Pfarrs Bilder, daß nicht einmal die Mischung aus Werbung und Boulevard ihnen etwas anhaben kann. Das liegt wohl auch daran, daß Pfarr stets das Maximum an Liebe und Sorgfalt investiert. Leser der seltsam anmutenden Zeitschrift *Reformhauskurier*, für die Pfarr seine zauberhafte Serie »Alex der Rabe« zeichnete, wurden nicht schlechter bedient als das Publikum des *Zeit magazins*, das er über Jahre wöchentlich verwöhnte – oder auch bis hin zur Abokündigung vergrätzte, denn die Sütterlinfraktion lehnt Schönheit ab. Wer Marion Dönhoff und Theo Sommer für lesbar hält, muß an Bernd Pfarr scheitern.

Bernd Pfarrs Bilder sind so schön, daß man in ihnen wohnen möchte. Leider ist das schlecht möglich. Auch der Plan, sich Bilder von Pfarr in die Wohnung zu hängen, auf daß man zwar nicht in, aber immerhin mit ihnen leben kann, geht nicht auf: Längst stehen die Sammler Schlange. Man kann sich mit Plakaten behelfen, mit Postkarten und mit Büchern. Die Kästner-Gesamtausgabe bei Hanser muß man vielleicht nicht noch einmal lesen – aber die acht Umschläge von Bernd Pfarr neben dem Bett zu wissen, verleiht ein Gefühl großer Sicherheit. So richtig genießen läßt sich der große Aufwand, den Pfarr treibt, wenn man die Bilder im Originalformat und in den Originalfarben betrachtet – was als Druck schon das Herz wärmte, entfaltet hier seine wahre Pracht. Diese Farben! Diese

Grüns, diese Rosas, diese Blaus! Das ist die Krux aller Druckkunst: Erst die Originale sind zum Umsinken schön. Und deshalb habe ich eine Bitte an die ansonsten tadellos liebevollen Wanderausstellungsmacher: Bitte immer Bänke hinstellen lassen, bequeme Bänke oder besser noch Sofas, damit man sich in Pfarrs meditative Bilder auch versenken kann, stundenlang und innig.

Wie die irische Literatur entsteht

Die irische Literatur hat mit aller anderen Literatur gemein, daß sie von Aufschneidern und Prahlhänsen gemacht wird. Gegenüber der deutschen Literatur hat die irische den entscheidenden Vorzug, daß die Aufschneider und Prahlhänse keine Langeweiler sein dürfen. In einem Land, das Jonathan Swift, Oscar Wilde, George Bernard Shaw, Flann O'Brien und Brendan Behan feiert, hätte der Ödling Günter Grass erfreulich wenig Chancen. Grass, das wissen wir von ihm selbst, wurde in Deutschland von Verfolgung und Tod in Gestalt des HB-Männchens Marcel Reich-Ranicki bedroht. Der nach Jahren des Drängelns und Knötterns endlich eingefahrene Literaturnobelpreis garantiert seinem Träger Günter Grass wenigstens ein Minimum an Schutz. So kann sich der Poseur der Aufklärung auch weiterhin bei literaturkarnevalistischen Festakten als Gewissen der Nation verkleiden und Leute protestantisch anduzen, mit denen er angeblich einmal befreundet war, aber wer will das wissen? »Halt's Maul! Trink deinen Rotwein!« suppt es aus dem Schriftsteller heraus, der sich für interkontinental hoch bedeutsam hält, obwohl es nur zur guten alten sprachlichen Inkontinenz reicht. Am liebsten wäre Grass Präsident von der ganzen Welt. Das Leben des erstaunlich schlicht gestrickten Schnäuzerträgers kann in einem Satz zusammengefaßt werden: Das Leben ist ein langer, zäher Redefluß.

In Irland fließt etwas anderes als Altherrenspucke. James Joyce beschrieb die Bewohner Dublins als »die hoffnungsloseste, nutzloseste und widerspruchsvollste Rasse von Scharlatanen, der ich je auf der Insel oder auf dem Kontinent begegnet bin. Der Dubliner verbringt seine Zeit mit Schwatzen und Rundgängen durch die Bars, Schenken und Spelunken, ohne je seine doppelten Quantitäten von Whiskey oder Home Rule satt zu kriegen, und nachts, wenn nichts mehr reingeht und er mit Gift angefüllt ist wie eine Kröte, stolpert er aus einem Nebenausgang und geht, geleitet vom instinktiven Wunsch nach Standhaftigkeit, der geraden Häuserfront entlang und schrubbt seinen Rücken an allen Mauern und Ecken.«

Der letzte Teil dieser Liebeserklärung enthält den Schlüssel zur irischen Literatur. Es ist das Rückenschrubben, das den Iren einzigartig macht. Der Ire ist ein Bär und braucht einen Kratzbaum, an dem er sich scheuern kann. Wo immer man ihn trifft, in seiner Wohnung, beim Hunderennen, in der Kneipe, lehnt der Ire an einer Wand, einer Absperrung, einem Zaun, einem Türpfosten und schubbert sich das Kreuz. Iren heiraten, weil es Stellen am Rücken gibt, an denen man sich alleine nicht kratzen kann. Wenn aber die Ehefrau nicht da ist, schrubbt der Ire notgedrungen solo, an Mauern und Ecken und allem anderen Geeigneten, dessen er habhaft werden kann. Dabei brummt er behaglich und verzieht das Gesicht in genießerischer Verzückung.

Wenn er sich nicht kratzen kann, muß der Ire sublimieren. Dann macht er Musik, die so sehnsuchtsvoll, traurig und beglückend ist, daß man davon weinen muß. Oder er schreibt Literatur, großmäulig, aufschneiderisch, großherzig, überbordend und so phantastisch, daß selbst ein Ikea-Schriftsteller wie Günter Grass davon ins Träumen kommen müßte, wenn er wüßte, was das ist.

Spiel mir das Lied von der GEZ

Es ist nicht erfreulich, wenn ein Künstler, den man schätzt und der das nicht nötig hat, ins dumpfe Reklamefach wechselt. Otto Sanders Sandpapierstimme zugunsten öder Automobile und für den Stromerzeuger e-on werben zu hören, ist traurig – weniger wegen moralischer Einwände, sondern weil ein extrem fader Inhalt auch der wirkungsvollsten Stimme ihre Eindringlichkeit raubt.

Mitte der neunziger Jahre lieh Max Goldt, als Sänger und Texter von Foyer des Arts längst eine Legende und als Kolumnist nicht nur berühmt, sondern auch sehr gut verdienend, seine Stimme der Gebühreneinzugszentrale GEZ. Menschen wurden plötzlich von der Seite angesprochen, sie möchten doch bitte nicht versäumen, ihre Rundfunk- und Fernsehgebühren zu entrichten. Von diesem büttelhaft mahnenden Halali, das ungebeten in die Privatsphäre eindrang, fühlte man sich einigermaßen belästigt und unangenehm berührt.

Diese vergessene Kombi aus Goldt und GEZ fiel mir wieder ein, als Max Goldt sich im Kulturteil der *taz* dem Literaturbetrieb als »Mischung aus Ernst Jünger und Robert Walser« antrug, als großer Verweigerer, dessen Ansprüche »extrem hoch« seien: »Thomas Mann, Italo Svevo, irgend so was.« Thomas Mann also, wie üblich. Der zu Tode kanonisierten Hier-triumphiert-der-Deutschlehrer-Literatur stellte Goldt sich hintan – obwohl doch Goldt ein Dichter ist, dem die Sprache unter anderem die lustige, Thomas Mann nur teilweise adäquate Metapher – ich zitiere – »spermarülpsende Arschfotze« verdankt. Wie auch den schönen Reim – ich zitiere abermals – »recken geil« auf »weitgereistes Hinterteil«. Aber der olle Thomas Mann muß es halt sein im deutschen Kulturbetrieb.

Die Sache erinnert betrüblich an die Methode Biermann: Jahrzehntelang drängelte sich die fiese Robbe als Nachfolger Heinrich Heines auf, bis der Betrieb endlich den Heini als Heine feierte. Diesem Beispiel tat es nun Max Goldt nach und hängte sich den Fittis vom Feuilleton als deutscher Nachwuchsklassiker hin? Schrumpfte ein eigenwilliger Kopf zum x-ten Thomas-Mann-Imitator? Mußte Felix Krull neu geschrieben werden? Vielleicht sogar unter Max Goldts richtigem Namen, Matthias Ernst? Rührte daher auch die späte Liebe zu Ernst Jünger? Und wenn schon Italo – mußte es unbedingt Svevo sein? Hätte es der gute alte Italo-Western nicht auch getan? Spiel mir das Lied von der GEZ? Oder gleich Karl May: Der Schatz im Max-Goldt-See?

Ich lag so nett im Riecht-wie-ich, im Schnorchelparadies, im Bett / Als eine Stimme, ziemlich fett, mich kujonierte: Ge-Ee-Zett! / Ich war genervt und unwirsch, ich nöckte: Oh, quel Scheiß! / Die Stimme säuselte sonor: Schatz, ich bin's, der Nobelpreis.

Nizzakolben! Hornig! Tists!

Wie im Schwatzraum Internet alles zum Rätsel wird

für Jamiri

»Heimat ist ein großes Wort, da spielt ja so viel rein / auch global – ich meine das Internet – kann eine Heimat sein«, singt Funny van Dannen auf seiner weltzerschmilzenden CD »Melody Star«. Ein mir bekannter junger Mann aus Essen aber, dem das Internet nicht nur Heimat ist, sondern auch Frau, Tisch und Bett, kann einem wirklich leid tun. Denn nicht nur heimat-, sondern vollends heillos klingt, was er unter der Internetadresse http://www.0payment.com/deu/deu.htm als »Absolutes SexSexSex« vorfand – und es sofort mir überstellte, auf daß ich, im solidarischen Verbund mit meinen Leserinnen und Lesern, das Rätsel löse, das ihn, seitdem er es entdeckte, quält.

Der junge Mann fand ein vierstufiges Bild- und Textgeheimnis. Bild eins zeigt eine Frau mit Lutschmund: »What am I doing? mmm …«, fragt sie. Der Text gibt zwar Antwort, aber was für eine: »Hallo, ich bin also hornig, und ich bin gerade, wartend, daß Sie nach innen erhalten. Wir haben über 10 000 Abbildungen und den Kosten, Vertiefung, die sie total frei ist. Mit sehen Sie meinen Körper, ich sind so hornig.«

Hornig, hornig, ich bin so hornig! rufen Hirsch, Hornbrille und Kamm. Hobbitfüße sind schwartig-hornig, auch Kurt Cobain bezichtigte sich einst der Hornigkeit. Aber heutzutage, wer ist da hornig? Vielleicht Frank Hornig, 31, Wirtschaftsredakteur beim *Spiegel*, der in der »Hausmitteilung« mit einer »Dollhouse«-Stripperin posiert, mit ihr »auf Tuchfühlung« ging und »Container-Luder Sabrina« traf, wie es im prahlerisch-drucksigen *Spiegel*-Jargon heißt? »Da wurde gesoffen, gegrölt und gegrapscht«, schwärmt der *Spiegel*-Schreiber halbsteif – um dann mit hornigen Händen zuzugreifen? Man weiß es nicht und möcht es auch nicht wissen.

Bild zwei zeigt die Dame im Aggregatzustand mittlerer Erregtheit. »I want it ... cum see me get it!« behauptet die Fotozeile, und der nebenstehende Text brunftet: »Hallo, wünsche ich ihn so stark und in einem langen Zeitpunkt ... und wenn Abbildungen nicht genug für Sie sind, wohl gibt es etwas hornige videoaufwartung. Gerade für Sie, über 100 videos und vertrauen Sie mir, Ihnen wünschen Reue es. Hornigster Bildschirm überhaupt, die beutiful Mädchen so, wünschen Sie glauben ihm sogar. Frei!« Ist das der neueste Dreh aus der Welt der Baggerschulen: Darf ich Ihnen meine Aufwartung machen? Morgen in Montevideo? Hornigst? Frei?

»Absolutes SexSexSex« läßt wenig Zeit für Fragen. Einen leidlich überzeugend geheuchelten weiblichen Gesichtsorgasmus gibt es auf Abbildung drei zu sehen. Mit einem dramatischen »aah! aah! ah! cum se more!« wird der Betrachter angeherrscht, um beim Lesen des Beistelltextes völlig aus der Kurve zu fliegen: »So 10 000 Abbildungen. Lots Bildschirm. Beste Bilder überhaupt. Hornige Mädchen. Große tists. Nizzakolben. Reizende blonds u. reizvolle brunettes. Thats alles? – keine Weise, unseren Phasenschwätzchenraum vorstellend, geben Ihnen das posibiliti der Sitzung Leute und online plaudern. Dieses ist das hornigste Schwätzchen überhaupt, frei! – überprüfen Sie es heraus!«

Wer beim Übersetzungsprogramm spart, dem wird »nice« zu »Nice« zu Nizza – überprüfen Sie es frei heraus, Sie Nizzakolben! Und was ergibt die Rückübersetzung von »tists« ins Amerikanische? Tist and shout?

Das vierte und letzte Bild zeigt lange Beine auf Stöckelschuhen und den Hinweis »Spioy Sites. com«, und vergleichsweise harmlos geht die Sache zu Ende: »So sind Sie betriebsbereit, das wildeste porn jetzt, zu stationieren für freies zu sehen? - wohl klicken Sie mich dann, um hereinzukommen.«

Der Spanner steht im Pieksedorn / er stiert sediert auf einen Porn / sein Geist ist ganz und gar verworrn / er träumt im Phasenschwätzchenraum / den feuchten Durchschnittsmännertraum / und träumt von Aktion Lebensborn? Soll ich das dem jungen Internetler in Essen sagen?

Trost immerhin spendet abermals Funny van Dannen mit seinem Lied »Bitte mach mir ein Kind«: »Manche Männer sind anders, die sind unsozial, / die wollen sich nicht vermehren, das ist denen egal. / Und wenn die Frauen sie bitten, hört man sie verneinen: / Baby, sei mir nicht böse, blas mir lieber einen.«

Nachdem man »Absolutes SexSexSex« gelesen hat, muß man sich allerdings auch bei so einem charmanten Text fragen: War das Absicht, oder ist das aus dem Internet übersetzt?

Über die Volksgesundheit

Die AOK betreibt Humorforschung

Es war einmal, da war die AOK eine Krankenkasse. Als aber festgestellt wurde, daß man viel mehr Geld verdienen kann, wenn die Kranken nicht mehr krank sind, trotzdem aber schön ihre Beiträge zahlen müssen, wurde aus der Krankenkasse ihr Gegenteil: »AOK – die Gesundheitskasse«. So nennt sie sich, weil sie den Leuten das Kranksein am liebsten verbieten möchte. Weil das von der Materie her aber nicht geht – der Körper ist nun mal ein sterblicher Gammel –, muß man es ihnen gründlich miesmachen. Dazu taugen, wie auch in anderen Kriegen, moralische Mittelchen: Krank sein ist asozial, heißt es, Kranke belasten die Gemeinschaft, die so schön ist und so rundgesund. Gern genommen wird auch das esoterisch-autoritäre Getröte der Sorte Karma, Krankheit, selber schuld. Am Ende bleibt der Titel der AOK-Zeitung übrig: *Bleib gesund!* Das klingt nicht nur wie ein Durchhaltebefehl aus dem Führerbunker, das ist auch einer. Und der Subtitel, »LIFE – Das Magazin für das aktive Leben«, hat ebenfalls, um im Anglizismus zu bleiben, einen touch of Lebensborn.

Eine Titelgeschichte von *Bleib gesund!* aus dem Jahr 2000 hieß: »Humor heilt – warum Lachen die beste Medizin ist.« Diese Weisheit hatte schon Noah gebraucht gekauft, aber, wie unsere Blattmacher so sagen: Kann man immer mal wieder machen. Wirklich erstaunlich an der Sache ist allein die Chuzpe, mit der Leute auf Humor und Humorverstand machen, deren Horizont fest eingerahmt ist von den Dienstvorschriften »Spaß muß sein!« und »Hier hört der Spaß auf!«.

Weil Journalismus die Fähigkeit ist, die immer gleichen Phrasen immer wieder aufzutischen, ist die Rede vom

»Clown, Sinnbild für Heiterkeit«. Wo es um Humorlosigkeit geht, darf der Clown nicht fehlen. Wer einmal wirklich Kind war, weiß, wofür der Clown tatsächlich Sinnbild ist: für die fieseste Sorte Langeweile, bei der man sich nicht einmal langweilen darf, weil es ja heißt, Kinder liebten Clowns, und wehe nicht. Dabei hassen Kinder Clowns - jedenfalls, wenn sie nicht völlig zu kleinen Erwachsenen degeneriert worden sind. Clowns sind so faszinierend wie eine vollgesenfte Windel. Was das ist, wissen Kinder.

Vom feuilletonistischen Gezirp wechselt *Bleib gesund!* ins physikalische. »Beim Lachen passiert einiges im Körper. Das fängt mit den eigenartigsten Lauten an. Dann: Der Körper zuckt, das Zwerchfell hüpft, das Herz schlägt schneller. Große Pupillen und feuchte Fingerkuppen gehören ebenso zur Heiterkeit. Daneben erschlafft die Beinmuskulatur und manches Mal auch die Blase«, droht der Text - und droht noch weiter: »Doch Lachen kann viel mehr bewirken.« Noch mehr als erschlaffte Blasen? Bitte nicht.

»Aber nicht nur Krankheiten sollen durch Lachen gelindert werden, sondern auch Schmerzen«, verspricht das Zentralorgan der AOK. Doch was ist mit den Schmerzen, die durch grauenhafte Humorbemühungen erst erzeugt wurden? Durch etwa Ingo Appelts erfolgreiche Versuche, ein gleich ihm humor- und trostfernes Publikum mit dem offenkundigen Notschrei »Ficken!« zum Wiehern - und damit womöglich zum Entleeren diverser körpereigener Behältnisse - zu animieren? Weil sich die Krankheit gern für ihre Heilung ausgibt, reklamierte Unterhosen-Appelt in einem *Spiegel*-Interview, er sei quasi ein deutscher Therapeut. So gesehen war Goebbels Krankenpfleger.

Zum Beweis von Kenntnis und Kompetenz zitiert *Bleib gesund!* eine Fachkraft. »Komik ohne Intelligenz ist unmöglich«, sagt Jürgen von der Lippe. Das ist wahr. Warum aber hält sich der schlüpfrige Haiwaiihemdler dann für komisch?

Lachen auf Krankenschein hat etwas Deprimierendes, tief Verzweifeltes: »Immer mehr Menschen sind von der wohltuenden Wirkung des Lachens überzeugt. Sie schließen sich zu Lachclubs zusammen, kichern, prusten, wiehern, gackern gemeinsam und klopfen sich in fröhlicher Runde auf die Schenkel.« Wenn man das liest, fängt man an, sich auf kommende Depressionen zu freuen. »5 Tips zum Lachen, zusammengestellt von Prof. Willibald Ruch«, gibt es auch noch gratis. »So heben Sie Ihre Stimmung: Erinnern Sie sich an heitere Erlebnisse, vergegenwärtigen Sie sich nochmals die Details. Suchen Sie gezielt lustige Veranstaltungen, Filme auf, klicken Sie witzige Internet-Seiten an. Führen Sie ein Humor-Tagebuch und blättern Sie öfter darin. Stellen Sie sich lustige Dinge vor; z. B. vereinen Sie Dinge und Leute, die nicht zusammenpassen, in Ihrer Vorstellung. Begeben Sie sich in Gesellschaft heiterer Leute; Lachen ist ansteckend!«

Wer danach noch einen Rest braucht, kriegt ihn in einem Interview mit »Dr. Michael Titze, Psychotherapeut: Sollte man bewußt lachen? Unbedingt! Wir sollten bewußt nach komischen Auslösern suchen und uns um lautes, intensives Gelächter bemühen. Kann man Lachen üben? Ja. Man kann zum Beispiel Tonbänder abhören, auf denen das vielstimmige Gelächter von Menschen ist - und mitlachen.«

Wo sich Stumpfmaten um Gelächter laut und intensiv bemühn, bleibt nur noch eines übrig: fliehn.

Gestank im Ohr

Muzak heißt das Zeug, das in Einkaufszonen, schlechten Bars und miesen Restaurants aus Decken und Wänden austritt wie ein akustisches Gas. Meist ist es nicht einmal besonders laut, aber permanent präsent, eine penetrante Endlosschleife, die in den Apparat zwischen den Ohren eingespeist wird. Obwohl es angeblich stimuliert und in Hochstimmung versetzt, fühlt man sich nach einer Viertelstunde im akustischen Rieselfeld vor allem erledigt. Der Mulm ändert seinen Aggregatzustand von gasförmig zu flüssig zu halbfest und tropft aus den Lautsprechern, mehlschwitzend-bratensoßig, dick, blubbernd, übersättigend. Muzak kann man riechen. Muzak ist Gestank im Ohr.

Als ich den Begriff zum ersten Mal von Vincent Klink hörte, leuchtete er mir sofort ein. Das kalifornische Esoterik-Getröte von Kenny G. zum Beispiel verbreitet Lenorgeruch. Das Buttuttuttuttuttuttu, mit dem tiefergelegte Auto-Autisten sich selbst zum Restmüll geben, müfft scharf und streng nach A-Jugend-Umkleidekabine. Das Kleinmädchengehirnwäscheprogramm »I'm a big big girl in a big big world, it's not a big big thing if you leave me« riecht, wie einst die Bilder David Hamiltons, nach prämenstruellem Pipi.

Heinz-Rudolf Kunzes Lieder verströmen den pansigen Maulgeruch einer deutschen Dogge. In Marius Müller-Westernhagens Musik gehen Formalin und Zuhälterparfüm eine nahezu schlagartig tödliche olfaktorische Verbindung ein. Jedes Album der Toten Hosen riecht nach Füßen und Kantinenfraß, den Puhdys entweicht der herbe Duft von Grilletta. Die Lieder von Eros Ramazotti zaubern den achselhöhligdumpfen Duft einer Neuköllner Pizzeria herbei. Pur versuchen krampfhaft, genauso nach nichts zu riechen wie ihr Publikum, aber bei beiden ist der Angstschweiß stärker, er weht aus jedem Lied, aus jedem Applaus.

Elton Johns Ballade »That's why they call it the Blues« riecht so bluesig wie ein frischgewachstes Mercedes-Cabrio. Die Musik von Rosenstolz miefelt, wie man sich einen ungelüfteten Swinger-Club vorstellt, Rammstein ist ein nasaler Vorschlaghammer – jedes Lied eine Zelle im Knast. Ganz anders Tina Turner: Nie zuvor oder danach hat Musik so eindeutig und gültig die Sehnsüchte und Frustrationen von Millionen Hausfrauen ausgedünstet wie Tina Turners Durchhalteliedgut aus den achtziger Jahren. In jedem verzweifelten Schrei ist der fahle Geruch, den die böse Mischung aus Alter und Enttäuschung mit sich bringt.

BAP riechen nach Oblaten und Meßdienergewand, die Scorpions miefen bratzig bremsgestreift. Wenn es aber aus dem Radio so eindeutig identifizierbar stinkt, wie nur eines identifizierbar ist, dann ist es Phil Collins. Phil Collins, der Cindy Laupers »True Colours« die Unschuld raubte und das Lied durch den Alles-klingt-gleich-Wolf drehte. Phil Collins ist McDonald's für die Ohren.

Das Widerliche an McDonald's ist nicht unbedingt der Geschmack; manchmal möchte man eben etwas essen, das wie verschmorte Nasenhaare schmeckt. Das Widerwärtige an McDonald's ist der Geruch: eine chemische Keule, die alles andere erschlägt. Wäre Katerpisse aus Frittenfett, sie stönke wie eine McDonald's-Filiale und wie die Musik von Phil Collins: von jeder zweiten Ecke weit in die Welt hinaus. Auch im Kino, in Walt Disney's »Tarzan«. Es gab so viele großartige Disney-Filme: »Dschungelbuch«, »Aristocats«, »Robin Hood«. Und es gibt das blaue sensorische Wunder: Phil Collins singt, und es stinkt. Weil das so schwer ist, bekam die Pest des Äthers einen Oscar dafür.

Whole lotta Yoko

Mein Leben als Popstar

Popstar sein bedeutet, daß alles, was man tut, mit Bedeutung aufgeladen wird. Eigentlich macht man nur seine Arbeit, aber dadurch, daß andere sie betrachten, wird sie scheinbar größer. Wenn ein halber Satz, ein Blick oder eine Geste zum Gegenstand öffentlicher Interpretationen wird, hat man es mit Pop zu tun: Kuck mal, wie der gerade kuckt! Das ist Pop.

Popstars haben Glamour, den man englisch ausspricht. Schwierig wird es, wenn es den Pop in die Kleinstadt verschlägt; in Kleinstädten wird Pop eher als affig empfunden, als aufgesetzt. Andererseits wird gerade hier Glamour erwartet, große Welt, Sternenstaub, der ganze Kram.

Vom Popveranstalter wird der Popstar in ein Hotelzimmer getan, das braungeraucht ist, das nach Einsamkeit riecht und in dem es seltsame Flecken gibt. Nun muß der Popstar den Veranstalter anrufen und sagen: »Zu viel Vertretereiweiß.«

Auch Feinde haben ist Pop. Eine eher lahm vor sich hin mahnwachende Männergruppe aus Bielefeld trug mir in der Kleinstadt Detmold eine vierköpfige Veranstaltereskorte zur Toilette ein. So bedeutungsvoll, so legendenumgürtet wie an diesem Abend pinkelte ich nie.

Popstars lernen auch fremde Frauen oder Mädchen kennen. Das ist manchmal gar nicht so angenehm. Zuweilen aber scheint es verheißungsvoll zu schimmern. Einmal sprach mich eine junge Frau an. Sie sah aus wie die Erfüllung eines pubertären Traums, in dem Jayne Mansfield die Hauptrolle spielt. Ob wir vielleicht noch ein bißchen zusammen ausgehen könnten, fragte sie. Ich regredierte schlagartig, versuchte, mir nicht unters Kinn zu pissen und strahlte: ja klar, gerne.

»Schön«, sagte sie und stellte sich vor: »Ich heiße Yoko Ono.« Das verwirrte mich etwas. Ich kenne weder Yoko Ono noch Jayne Mansfield persönlich, doch wenn ich mich recht entsinne, sehen die beiden einander nicht wirklich ähnlich. Egal aber: Wenn sie sagte, sie heiße Yoko Ono, war mir das recht. Ich war bereit, ihr alles zu glauben oder doch immerhin so zu tun, als ob.

Yoko war sehr durstig. »Mumm!« verlangte sie. So schrecklich und glykolig ihr Wunsch auch war, mir war er Befehl. »Mmummm!« mummte es schon bald aus ihr heraus, die Mümme flogen in hoher Schlagzahl in sie hinein, und nach diversen Gläsern schien ihr der geeignete Zeitpunkt für eine Mumm-zu-Mumm-Beatmung gekommen zu sein. Ich küsse Yoko Ono! dachte ich. Sagenhaft!

Aber dazu kam es nicht, denn Yoko kurbelte das Fenster ihres Automobils herunter, das sie trotz aller Getränke ganz selbstverständlich kutschierte, und hielt, bei voller Fahrt, den Kopf aus dem Fenster. Und erbrach, laut und heftig, viel Mumm und viel anderes. Dann kam der Wagen zum Stehen. Ob denn alles in Ordnung sei, fragte ich blöde. Yoko kötzelte noch ein bißchen nach und schüttelte dann den Kopf. »Nneinn«, mulmte sie. »Ich habe auch gelogen. Ich bin gar nicht Yoko Ono. Ich heiße Ramona.«

Seitdem geht mir eine Zeile nicht mehr aus dem Kopf: Ramona erbrach, Yoko Ono jedoch erbroch. Ob einmal ein Popsong daraus wird?

Jede Soß ein Franzos

Wer eine Lektion in nationalem Wahn braucht, wird auch in Frankreich gut bedient. Andere Sprachen als das eigene »heure«- und »beurre«-Gebröre grundsätzlich ablehnen, mit Uniform und Fahne den Lärrie machen und sich deshalb chauvinistisch für den Vertreter der größten Kulturnation auf Erden halten, das kann er gut, der Franzose.

Mein erster Franzose war gar keiner. Er hieß Peter Kraiczek und war Französischlehrer. Von Klasse sieben bis Klasse elf mußte ich bei ihm Französisch lernen, in Heepen, auf dem Gymnasium. Heepen ist ein Vorort von Bielefeld und grenzt an andere Bielefelder Vororte wie Altenhagen oder Oldentrup. Die Schule war keine Erziehung vor Verdun, nur eine Erziehung vor Oldentrup. Uns war das hart genug.

Kraiczek hatte ein Verhältnis mit einer schnatzigen Abiturientin gehabt und war für zwei Jahre an eine andere Schule versetzt worden, bevor er nach Heepen zurückkehrte. Er war Mitglied der CDU, und außer Französisch unterrichtete er Sport, bevorzugt Tennis. Gern trug er das Hemd aufgeknöpft und die Ärmel aufgerollt, damit sein Bizeps gut zu sehen war. Was er verströmte, mag er für sportiven Charme und für Nonchalance gehalten haben; für uns war es die reine Anzüglichkeit.

Besonders unangenehm wurde es, wenn er auf locker und unkonventionell machte. Dann brachte er einen Plattenspieler mit ins Klassenzimmer und spielte französische Chansons ab, »L'amour, l'amour, la maladie d'amour« oder »La ballade des gens heureux«. So legte Kraiczek den Grundstein für eine tiefe Abneigung gegen alles, was mit Tennis, CDU und französischen Chansons zu tun hat. Heute bin ich ihm dafür dankbar. Damals war ich noch nicht soweit.

Kraiczek, das erfuhren wir bald und oft, hatte in Dijon studiert; vielleicht kam daher seine senfige Ausstrahlung? Lustig wurde sein Unterricht, wenn er Heike Hampeter die Gesetze der französischen Aussprache nahebringen wollte. Diese Mitschülerin war durch und durch ostwestfälisch; Nasale gaben ihr nichts. Der Übungssatz »Le verre est plein de vin fin« endete bei ihr provençalisch-chinesisch: »pleng de weng feng«. Kraiczek rang die Hände gen Himmel, tröstete sich mit einem sumpfigen Blick auf Heike Hampeters gut entwickelte Brust und versuchte es mit etwas vermeintlich Leichterem, dem »puis«. Heike Hampeter schenkte ihm nichts: »Pui«, sagte sie. »Pui.« Kraiczek wedelte verneinend mit den Händen. »Non non non non non«, widersprach er, drückte links- wie rechtshändig die Kuppen von Zeigefinger und Daumen zusammen, holte mit den Unterarmen Schwung bis auf Kinnhöhe und quetschte das Wort durch die Lippen: »Pwwwhii! Pwwhhüiii!« Heike Hampeter ließ sich davon nicht beeindrucken. »Pui«, mumpfte es aus ihr heraus. Und abermals, für alle Zeit: »Pui«.

Peter Kraiczeks tausendfach auf uns ausgegossene Behauptung, Französisch sei »die schönste Sprache der Welt«, fand in Heike Hampeter eine angemessene Grabstätte.

Ausgeplündert werden in Paris

für Franziska

Ausgeplündert werden in Paris
Der Franzmann nimmt gern das und nimmt auch dies
Café und Croissant:
Nur hundert Francs
Dazu ein Chanson
Oui oui, ç'est si bon
La vie ici ist ausgesprochen fies:
Ausgeplündert werden in Paris

Großer Auftrieb auf dem Trottoir
Voulez-vous mit mir noch heute soir?
Ja, der Franzos
Findet sisch groß
Er macht viel Alarm
Und hält das für Charme
Er flirtet und sieht dabei auf die Uhr
Er schreitet gerne pünktlisch ßur l'amour:

Kleine Mademoiselle
Komm ßu mir ganz schnell
'ab disch doch nisch so:
ßeig mir dein' Popo-o
Der Kreisverkaire, ma chère
Ist doch gar nischt sçhwaire
Du und isch in Trance
So 'errlisch ist La France

Ausgeplündert werden in Paris
Der Franzmann nimmt gern das und gibt dir dies:
Die größte Kultur
Rund um die Uhr
Centre Pompidou
Louvre, aus bist du-u
Im Portemonnaie kein Sous, den man mir ließ:
Ausgeplündert werden in Paris

Paris ist eine wunderschöne Stadt
Wenn man sie sich schöngetrunken hat
Baguette ohne beurre
Oui oui, toute à l'heure
Ein Gläschen vin blanc
Das war der letzte Franc
Gestern noch die Taschen voller Kies
'eute ausgeplündert in Paris

Klassisch von Buddha bis Weimar

Baden-Baden muß klasse sein für Leute, die sich alt fühlen: drei Stunden durch diese Enklave der Geriatrie jeden Alters gelatscht, und man denkt, man ist ein Teenie. Alles ist so stahlhart gepflegt und geputzt, daß man weiß, warum Terrorist mal ein Ausbildungsberuf war.

Das Profane schminkt sich gern heilig. Auf der Reklamewand einer Baden-Badener Tengelmann-Filiale sieht man das Bild eines kahl geschorenen Lächlers in gelber Kutte. Die Sprechblase sagt: »Viele Wege führen zur Erleuchtung. Wir führen Energiesparlampen.« Verbalbuddhistische Ambitionen werden bevorzugt vor sich her getragen von Leuten, die etwas zu verkaufen haben, ihre tiefe Sehnsucht nach Profit aber lieber zur »Philosophie« oder »Firmenphilosophie« aufblasen. Möglicherweise hat sich Tengelmann auch vom Besuch des Dalai-Lama inspirieren lassen; die Speisekarte im Baden-Badener Kurhaus prahlt mit Auszügen aus dem Gästebuch, das allerlei Illustriertenexistenzen vereint: den Dalai-Lama und Michael Schumacher, die Kelly Family, Helmut Kohl, Tony Marshall, Ute Lemper, Birgit Schrowange, Franz Beckenbauer und Otto Waalkes, Lothar Matthäus, Justus Frantz, Václav Klaus und Dieter Thomas Heck.

Ähnliche Lasten bekommt man auch ein paar Meter weiter aufgepackt, im Frankenland, obwohl doch gerade der Franke dringend des Trostes bedürfte. Dafür hat er nichts als seine Wurst, die er »Woscht« nennt, meist in der Formulierung »a weng Woscht«, denn a weng Woscht gibt es immer, sonst wäre der Franke am Ende. Am Eingang zum Erlangener Bahnhofsimbiß hängt ein Plakat, das auf eine Veranstaltung hinweist, die aus der spirituellen Verwüstetheit Erlangens Kapital pressen möchte: Eugen Drewermann liest aus »Jesus von Nazareth – Befreiung zum Frieden«. Zwar predigt der treuherzige Pulliträger nicht im selben Lokal, aber das »baßt scho« und »wedd scho wieder«, wie der Franke sagt. Der Franke lebt nicht, er stirbt so vor sich hin.

Der Erlangener Bahnhofsimbiß heißt Echt Gute Wurst. Das Wort-Lüge-Verhältnis in diesem Satz ist eins zu eins. Da hat selbst Eugen Drewermann Schwierigkeiten, mitzuhalten.

Auf dem Rückweg nach Berlin, jener »Krankheit, die zur Schrippe führt«, wie Christof Meueler bemerkt, liegt die architektonische Variante des Klassik-Radios: Weimar. Hier prahlt selbst der Bahnhofskiosk mit Schulbuchkultur. Die ganze Stadt ist museal angepinselt, und die demonstrative Beheimatung deutschen Dichtens und Denkens bringt den Koofmich erst richtig zum Vorschwein. Sogar die simple Postkarte hat den Charme von Gunstgewerbe mit Goethe & Co. In Weimar ist alles Klassik – oder doch eher »Classic«, wie Apollinaris. Erst in der Nachtkaschemme findet sich Weimarer Wahrheit: Die Weiterentwicklung der trittfesten Hollandtomate ist die Vollgummifrikadelle. Dazu wird Kartoffelsalat gereicht, der aus gutem Grund »Kart.Sal.« heißt. Scheiblettierte Preßpappe wurde ins Säurebad getaucht, in Wandfarbe gewälzt und entwickelt nahezu englische Magenbeißerqualität. Hoch toxisch im Anschmecken und im Abgang brutal ist die Weimarer Gaumenschraube. Hier hülfe allenfalls ein Zehn-Liter-Kanister Underberg. Wer aber trönke den aus? Goethe und Schiller, die Classic-Biker?

Mit Fokke Fock durchs Fegefeuer

Wilhelm Solms, Präsident der Literarischen Gesellschaften in Deutschland, hatte zu einer Podiumsdiskussion nach Lübeck eingeladen. Podiumsdiskussionen sind beknackt, aber erstens ist Wilhelm Solms ein ganz reizender Mensch, und zweitens hat er dem Anwalt Albrecht Götz von Olenhusen mit einem literarischen Gutachten einmal dabei geholfen, mich aus einer juristischen Bredouille herauszuziehen, in die ein Chefredakteur der PDS-Vereinszeitung *Neues Deutschland* mich hineinzutunken versucht hatte. Und drittens war auch Gisela Güzel eingeladen, und wir konnten schön zusammen Zug fahren.

Das Thema – »Die soziale Verantwortung des Schriftstellers« – war von Günter Grass inspiriert und entsprechend abscheulich. Grass hatte in einem Interview in der *Süddeutschen Zeitung* behauptet, Schriftsteller wie Kurt Tucholsky und Thomas Mann seien mitschuldig am Untergang der Weimarer Republik und somit irgendwie auch an Hitler, dem Faschismus und vermutlich auch allem anderen, was Grass sonst nicht so gut gefällt, denn Tucholsky, Mann und andere hätten die Weimarer Republik stets nur kritisiert, sie aber nicht mit aufgebaut. Mit solch sozialdemokratischem Gefanter aber ist es so: Druckt man es, ist es in der Welt, und man hat es am Hals. Und wie Grass sich bei der Verleihung des Literaturnobelpreises stolz damit in die Brust werfen würde, daß er aus dem Land der Bücherverbrennung komme, und daß die dortige Literaturkritik die Fortsetzung der Bücherverbrennung mit anderen Mitteln sei, womit er das bißchen handzahme Kritik an seinen langweiligen Büchern meint, war abzusehen.

Vor der Podiumsdiskussion durfte man sich stärken. An langen Gasthaustischen saßen die Vertreter der vielen vielen literarischen Gesellschaften Deutschlands. »Germanistik studieren und seinen Arsch auf ein warmes Plätzchen hieven kann jeder«, schrieb Jörg Fauser in »Rohstoff«. Die Vertreter der literarischen Gesellschaften machten nicht den Eindruck, als hätten sie Fauser mit Gewinn gelesen. Dafür kannten sie sich sehr gut aus im großen Buch der Reisekostenabrechnung. Fast alle hatten Krabben bestellt, die es in Lübeck so häufig gibt wie Marzipan und rote Backsteinhäuschen. Der Kellner, ein älterer Mann mit schwer zu lokalisierendem Akzent, wetzte Teller tragend durchs Lokal und rief fragend: »Krabbm? Krabbm?« Plötzlich tauchte er auch hinter Gisela Güzel und mir auf: »Krabbm? Krabbm?« haute es uns in die Ohren und blieb unsere Weltdurchdringungsformel für lange Zeit: »Krabbm? Krabbm?«

Anderntags spazierten wir durch Lübeck. Eine Straße hieß Fegefeuer, da wohnten die Leser von Günter Grass. Etwas weiter sahen wir an einer Hauswand ein Metallschild: »Fokke Fock, Rechtsanwalt und Notar«. Fokke Fock! Mit diesem Anwalt an seiner Seite, das war klar, konnte man überhaupt nicht verlieren! Leider war Sonntag und Herr Fock nicht zu Hause. War er in Portugal, wo Anwälte Advogados heißen? Tumult im Gerichtssaal: Advogados werfen Avocados? Oder stritt er gegen den glitschigen Gregor Gysi, dessen Existenz die Vermutung nahelegt, die 600 in der DDR zugelassenen Anwälte seien noch 600 zuviel gewesen?

Wir wußten es nicht – ersannen aber eine neue Reihe mit juristischer Kinderliteratur: Trockendock für Fokke Fock; Fokke Fock am Marterpflock; Ein Gonokokk biß Fokke Fock; Null Bock auf Blockwart und Plockwurst; Fokke Fock im Schottenrock – oder war's im Glockenrock?; Fokke Fock, der Lockenkopp; Fokke Fock geht am Stock; Fokke Fock hilft ad hoc!; Fokke Fock bei den Hottentotten; Was schlägt die Clock für Fokke Fock?; Fokke Fock besiegt den Schmock; Ein Leben für die Diesel-Lok: Fokke Fock; Elektroschock statt lahmer Zock; Fokke Fock trägt Pornosock; Fokke Fock hilft Dr. Spock; Fokke Fock im schwarzen Block; Krabbmbrot für Fokke Fock!

Mit diesem Beistand ließ sich manches Fegefeuer durchstehen, sogar die deutsche Literatur und sogar Günter Grass.

Blondes Greenhorn, born to be Wildbret

Kochen und Lachen mit Karl May und Adolf Hitler

Wenn man in Radebeul bei Dresden das Karl-May-Museum besucht, gelangt man schräg gegenüber, auf der anderen Seite der Karl-May-Straße, zu einem rohen Bretterverschlag, einer Mischung aus Stehimbiß, Kiosk und Kneipe. Obwohl der Laden nicht zum Karl-May-Museum gehört, hat er doch einen sehr adäquaten Namen: Zum blonden Greenhorn.

Hier, wo früher Arbeiterinnen und Arbeiter ihr Bier vor oder nach der Schicht nahmen, trinken heute ältere abgelegte, ungewollte Unisex-Ostdeutsche ihr Bier statt der Schicht. Es ist aus der Dose, es ist einigermaßen bezahlbar, und man hält, wenn man es langsam trinkt, vom ehemaligen sozialen Leben für einige Stunden einen Rest aufrecht, dessen Kümmerlichkeit seine Protagonisten allerdings ebenso betrübt wie den zufälligen Betrachter. Der aber wird teils argwöhnisch, teils trunken, teils erloschen und teils mit gedämpfter Aggression angestarrt und durchleuchtet, ob er wohl einer dieser Wessis sei, die an allem schuld sind.

Weshalb er nach dem Verzehr einer Cola auch zügig entschwindet, der »Villa Shatterhand« und der »Villa Bärenfett« entgegen, wo er sich ansehen kann, wie ein kleiner Sachse, wegen Bagatelldelikten von Polizei und Justiz drangsaliert und eingesperrt, sich zum auch international meistgelesenen deutschsprachigen Schriftsteller erhob und ziemlich gaga im Westmannskostüm durch die Straßen turnte. So daß Ernst Bloch später zu Recht über Karl May schreiben konnte: »Ein sehnsüchtiger Spießbürger durchstieß den Muff seiner Zeit. Fast alles ist nach außen gebrachter Traum der unterdrückten Kreatur, die großes Leben haben will.«

Und obwohl Karl May beim Publikum erfolgreich ist, äußerten und äußern sich auch Kollegen begeistert – auch wenn der 1912 gestorbene May diese Verehrung größtenteils nicht mehr erlebt hat. Als »herrlichen sächsischen Lügenbold«, als »genialen Spinner«, »prächtigen Schuft«, »hinreißenden Aufschneider« und »unübertroffenen Bildermacher« feierte ihn 1964 der spätere Zonenhauptschriftsteller Hermann Kant. Auch Ernst Jünger, 1998 in der Blüte seiner Jugend und viel zu früh aus der Mitte der Deutschen gerissen, bekannte 1958 in »Jahre der Okkupation«: »Eine Seltenheit; die großen, unter einem Pseudonym veröffentlichten Kolportageromane von Karl May (...) Sicher haben sie viel dazu beigetragen, daß ich zur Fremdenlegion ging.«

Auch andere kriegstaugliche Charaktere zählen zu den Fans von Karl May. »Ich lese, da ich erst sehr spät nachts einschlafen kann, zur Zeit eine ganze Reihe der Karl-May-Bände«, gab Adolf Hitler zu Protokoll. Und fuhr fort: »Wissen Sie, ich halte von dem Karl May sehr viel. Was haben die Schulmeister ihn doch angegriffen, statt zu erkennen, wieviel positive Werte seine Bücher enthalten. Ein echter Jugendschriftsteller (...) muß eine reiche Phantasie besitzen, anständige Gesinnungen vermitteln und zeigen, was Lebenstüchtigkeit bedeutet. Vor allem aber muß er Humor haben. Und den besitzt Karl May in ebenso hohem Maße wie die Gabe der plastischen Anschaulichkeit.« Wenn in Deutschland je einer etwas von Humor verstanden hat, dann sicher Adolf Hitler, dessen humoristische Großtaten nur noch durch seine Verdienste als Liebhaber, als Gourmet und als Philosemit übertroffen wurden.

Woraus wiederum Klaus Mann folgerte: »Einer der glühendsten Karl-May-Verehrer war ein gewisser Taugenichts aus Braunau in Österreich. Adolf, faul und ziellos, fühlte sich völlig zu Hause in diesem fragwürdigen Labyrinth eines krankhaften und infantilen Hirns. Der erfolglose Anstreicher bewunderte in Old Shatterhand dessen Gemisch aus Brutalität und Heuchelei. (...) Das Dritte Reich ist Karl Mays letzter Triumph, die schaurige Verwirklichung seiner Träume.«

Das klingt ein bißchen hart; sollte Karl May, als er kurz vor seinem Tod den Vortrag »Empor ins Reich der Edelmenschen« hielt, tatsächlich die Nazis im Sinn gehabt haben? Oder nicht doch eher das halbschwul religiös verschwiemelte Menschenbild, das ihm der Erlösungsmaler Sascha Schneider auf die Buchumschläge pinselte?

Humor, soviel steht fest, hatte Karl May in toto keinen Funken; ein schönes Beispiel für das donnernde Harr-Harr, das May zusammenbrezelte, wenn er lustig sein wollte, findet sich in »Der Schatz im Silbersee«. Der Hobble-Frank, Mays sächsisches Alter ego, bereitet einen Elchbraten zu; in Ermangelung von Gewürz brät er das Tier in Holzkohle an: »Das Fleisch brodelte nicht nur, sondern es rauchte, und zwar nicht wenig, das Zelt war in Zeit von einigen Augenblicken von einem scharfen, brenzlichen Geruche erfüllt«, worüber dann der dicke Jemmy in Rage gerät und Old Shatterhand einige seiner typischen Besserwestmann-Bemerkungen macht, was dann kolossal komisch sein soll und ungefähr so lustig ist wie das »Hihihihi, wenn ich mich nicht irre« seines Kollegen Sam Hawkens.

Den Fähigkeiten Karl Mays als Humorist ebenbürtig sind seine Talente als Koch. Auffällig häufig empfahl er seinen Lesern den Genuß von Bärenfleisch. »Den Schoschonen war der Bär eine willkommene Beute. Sein Rippenfleisch ist wohlschmeckend, die Schinken sind noch besser, und die Tatzen gelten sogar als Leckerbissen«, schrieb Karl May in »Der Sohn des Bärenjägers« und lieferte ein paar Zeilen weiter auch gleich ein Rezept zur Zubereitung des Grizzlys: »Das Fell wurde auf eines der überzähligen Pferde der Schoschonen gebunden, und das Fleisch legte man unter die Sättel. Hier wurde es dann durch das Reiten so weich und gar, daß es am

Abend verspeist werden konnte. Einem europäischen Feinschmecker würde freilich eine solche Zubereitungsart nicht sehr zuträglich erscheinen.«

Auch in »Winnetou I« wies sich Karl May als Bärenbräter von Rang aus: »Es gibt überhaupt nichts, was über Bärentatzen geht. Sie müssen aber längere Zeit liegen, bis sie den gehörigen Wildgeschmack bekommen haben. Am feinsten schmecken sie, wenn sie schon von Würmern durchbohrt sind.« So trichinig stellte sich Karl May das wilde, freie Leben unter Westmännern vor, von dem er soviel wußte wie von manch anderem: »Immer fällt mir, wenn ich an den Indianer denke, der Türke ein«, schreibt May in der Einleitung von »Winnetou I«. Das ist neu – war es wirklich Indianersitte, auf tiefergelegten Breitreifenpferden zu sitzen und mit bullernden Lautsprechern in den Satteltaschen durch die Prärie zu streifen?

Trotz dieser auffälligen Mängel hat sich ein professioneller Koch der Rezepturen Karl Mays angenommen und ein »Karl May-Kochbuch« mit dem verlockenden Untertitel »Zu Gast an fremden Feuern« zusammengestellt. Horst Scharfenberg hat aus den Reiseerzählungen Karl Mays »Rezepte aus dem Indianerland, aus dem Reiche der Kalifen und aus dem fernen Orient« extrahiert. Von den Bärentatzen, die Karl May seinen Lesern aufbinden wollte, rät Scharfenberg ab: »Mit der Lötlampe« müßte man nämlich »die Haare absengen, dann brühen, um die Hornhaut von den Sohlen abziehen zu können. Schließlich muß man sie vorkochen und die Krallen und die kleinen Knöchelchen im Fußinnern entfernen.« Armer Bär.

Von Zubereitungspetitessen wie diesen hat Karl May in seiner cuisiniären Unbedarftheit nichts geahnt; Scharfenberg aber nimmt das nicht krumm, sondern macht aus Mays wirren Essensbehauptungen genießbare Gerichte, denen er wasserimmundzusammenlaufenmachende Namen gibt: »Westmänner-Lende«, »Seeräuber bitten zu Tisch«, »Das

Rumpsteak unter dem Sattel«, »Banditen-Omelette«, »Das Huhn im Stiefel« oder »Apatschen-Frühstück«. Herrlich - das will man doch alles unbedingt gelesen und gegessen haben oder, wenn's »Ein Bier für Winnetou« ist, auch getrunken. Allzu lange war dieses 1975 erstmals erschienene Juwel unter den Kochbüchern vergriffen - seit 1997 ist es wieder lieferbar, und es ist, was es zu sein verspricht: ein großer Spaß.

Der *Stern* aber sollte unbedingt mal wieder einen Knüller landen und jenen Karl-May-Fan neu und groß herausbringen, der - neben Karl May - wohl der größte Humorist und Kulinarier aller Zeiten war: Adolf Hitler und seine schönsten Rezepte, mit einem Interview von Alfred Biolek. »Herr Hitler, Sie waren doch damals dabei und haben das alles noch selbst erlebt - wie war das denn so? Und was haben Sie gegessen?« Das vegane Jungvolk würde es danken.

Wenn der Bolzen in der Hose das Konzept lahmlegt

Zu Besuch bei Energie Cottbus

Am 18. August 2000 war die Welt für die arg gezausten Freunde des Dortmunder Fußballwesens eine gnädige. Borussia Dortmund bestritt das erste Auswärtsspiel der Saison im von Berlin aus sehr erreichbaren Cottbus. Zu fünft diselte man nach Terra incognita und wurde im Autoatlas fündig: »Was macht den Lausitzer stark? / Kartoffeln, Leinöl und Quark!« So steht es geschrieben, und auch anderen Quark gibt es gedruckt: »Vor heimischer Kulisse müßte bei meinen Jungs der Bolzen in der Hose verschwunden sein. Denn der hat in Bremen unser ganzes Konzept lahmgelegt.« Das sprach der Cottbusser Trainer Eduard Geyer in den *Berliner Kurier* hinein. Es erinnerte stark an das, was wir 25 Jahre zuvor als Handball spielende Jungs auf dem Weg zu einem Turnier von der Mutter eines Mitspielers eingeschärft bekamen: »Reißt euch am Pömpel.«

Geparkt wurde, wo Cottbus tausend Chakren hat, neben einem Studio für »Fitness und Wellness«, zu dem auch etwas Gastronomie gehört: »Chakra – Relaxen mit Stil«, stand über der Kneipe, und fliehen war leicht.

Erste Irritation dann im Bus zum Stadion: Schwarzgelb gekleidete Menschen rufen immer wieder uff säggssch »Dynamo!«, also »Dünomö!«. Wir verstehen nicht: Wieso Dynamo? Dynamo Cottbus und Dynamo Dortmund gibt es doch gar nicht. Im Stadion wird das Geheimnis gelüftet: Der Dortmunder Fanblock kommt vor allem aus Dresden – die Farben waren ohnehin die gleichen, und dann gibt es ja auch Matthias Sammer, den erfolgreichsten Dresdener Fußballer, der in Dortmund den Trinkerheiland Udo Lattek als Trainer ablöste und, anders als dieser, nicht in der *Bild*-Zeitung herumproletet, sondern sein mediales Leben der Aufgabe widmet, die beiden Großwörter Respekt und Charakter zu den meistgesagten Vokabeln deutscher Zunge zu machen.

Vor dem Spiel gelingt es einem über die Maßen aufdringlichen Animateur des Knallbummsenders Antenne Brandenburg, die 20 000 Zuschauer tüchtig zu quälen. Vom »jungfräulichen Boden« in der Lausitz schnarrt er, als wolle er den Landstrich zur Massenschändung freigeben und hinterher Gauleiter werden. Auch das trostlose Gerede von der »Region«, für die der Fußball »so wichtig« sei und eben »viel mehr als Fußball«, eitert vollautomatisch aus dem Nullinger heraus. Man kennt den wörtlich identischen Gargel aus Kaiserslautern; nun muß er auch die Lausitz verpesten, wenigstens eine Bundesligasaison lang.

Rot-weiße Plastiktüten sind im Stadion verteilt worden, »*go!* Energie« steht auf den Tüten, die Zuschauer werden aufgefordert, ihre Hände hineinzustecken und die Tüten hochzuhalten, »damit die Stimmung hier so richtig toll wird«, wie der Umnachtete am Mikrophon schreizuhalsen nicht müde wird. Das Publikum aber kommt dem Befehl kaum nach, auch dann nicht, als Petra Zieger, die als »Rocklady des Ostens« auf den Markt krakeelte Sängerin, über den Rasen storcht und eine Cottbus-Hymne rockröhrt, die sie mit einer Band namens »Die Übeltäter« aufnahm. Auch Frank Schöbel, der angeblich oder tatsächlich »extra seinen Urlaub in Mexico unterbrochen hat«, versucht sich vergeblich als Anheizer. Fußballfans sind vielleicht nicht immer die allergrößten Geistesleuchten; so dumm aber, daß sie schon im Stadion vergessen haben, daß sie doch wegen Fußball hingingen, sind sie gemeinhin nicht.

Auch »das Bier von hier«, wie jedes Bier aus Ostdeutschland seit Mitte der neunziger Jahre heißen muß, wird mit einem eltonjohnsüßen Schmierlied angesungen. Dabei schmeckt das Landskron gut, für Stadionbier im Plastikbecher sogar sehr. Auch die Bockwurst ist für Fußballplatzverhältnisse geradezu köstlich; sie wird erfreulicherweise ebensowenig besungen wie der dazu servierte Senf, aber das kann alles noch kommen, wenn die Antenne-Brandenburg-Sorte Mensch erst die Lücken im Unterhaltungsprogramm geschlossen hat.

Die Sachsen in der BVB-Kurve sorgen indes für ein nie gekanntes, zunächst verwirrendes, dann aber begeisterndes Dortmund-Gefühl. Der Schiedsrichter, nicht eben ein Souverän, wird mit seltsamen Lauten bedacht. »Wos büst dü dönn füorn Güggugg? Dü, dü, dü – – dü Misdgrübbel!« Nach dem 2:0 für Dortmund werden die Cottbus-Anhänger von den Dortmunder Sachsen aufgefordert: »Jetzt könndo mo euro Tüden höchholden!« Was die Cottbusser aber auch dann nicht tun.

Zwei der vier Tore für Dortmund erzielt der bekennende Christ Heiko Herrlich – mit »Jesus! Jesus!«-Rufen und einem mit den Armen angedeuteten Kreuz feiern wir ihn. Er kommt trotzdem angelaufen und bedankt sich lieb. Man kann ihn dabei ganz aus der Nähe sehen, denn das Fußballstadion in Cottbus ist klein, die optische Distanz zum Geschehen ist angenehm gering. Wir schämen uns ein kleines bißchen, daß wir Heiko Herrlich immer als »gelbe Tonne« geschmäht haben.

Dutzende Cottbusser Skinheads, von Minderheitenjägern über Nacht zu Ordnern und mit dieser Rolle noch nicht so recht warm geworden, schauen immer wieder irritiert herüber. Sie sehen aus, als wollten sie uns am liebsten sofort zusammenschlagen, aber das dürfen sie nicht, denn sie sind ja jetzt die Guten. Über ihnen rattern Polizeihubschrauber: Die Staatsgewalt hat Schläger rekrutiert und zu Hilfssheriffs gemacht. Dieses nennt man in Ostdeutschland traditionell Sicherheitspartnerschaft. Das Gesicht der Ordnung hat Pickel, Glatze und trübe Augen. Man muß sich nur das Gefühl vorstellen, hier mit einer schwarzen Haut herumzulaufen. Wir fahren davon.

Bleiche Todesfinger

Ein dringend nötiger Appell: Rettet den Speisewagen!

Die Nachrichtenwelt ist voller erschütternder Meldungen, und dies ist die erschütterndste: Die Bundesbahn will ihre Speisewagen abschaffen. In Zukunft soll in der ersten Klasse, wie im Flugzeug, am Platz etwas serviert werden, das den Namen Mahlzeit nur bedingt verdient. Die Gäste der zweiten Klasse werden vollends zum Fußvolk herabgestuft und dürfen im Bistrowagen Erzeugnisse aus Preßpappe und Vollgummi verzehren, die dort Sandwiches oder Nürnberger Rostbratwürste heißen. Immer wieder furchteinflößend ist der Anblick, wenn sechs bleiche Todesfinger vom Bistrowagenkellner aus ihrer Plastikverschweißung herausgepult und, von schlierigem Glibber umseicht, in die Mikrowelle verbracht werden.

Dabei hatte sich die Bahn gebessert. Seit einiger Zeit war das Essen im Speisewagen genießbar, mitunter, gemessen an den Arbeitsbedingungen in der Speisewagenküche, sogar gut. Die Führung der Bahn aber ist nicht daran interessiert, die Vorteile der Bahn auszuspielen – sie will ihre Klienten offenbar mit aller Macht ins Auto treiben, und zwar nicht nur die Laufkundschaft, sondern auch all die, denen Bahnfahren explizit gefällt. Wie sonst soll man verstehen, daß man von Bundesbahnschaffnern Telefonkarten mit Werbung für Benzinhändler verkauft bekommt: »Tiger Wäsche – Esso – Ihre Energie«?

Nicht nur der Bundeskanzler ist ein Autofetischist, der im Audi V 8 durchs Land sirrt und sich dabei auf der Überholspur des Lebens wähnt. Auch die Chefs der Bahn mögen ihr eigenes Kind nicht leiden und behandeln es schäbig. Der Bahn den Speisewagen zu nehmen ist Mord an der Bahn. Statt ihn abzuschaffen, gälte es, ihn richtig schön zu machen: Auch tagsüber Liege- und Schlafwagen ankoppeln, in denen man sich füttern und tränken läßt, bequem herumlümmelt, schnorchelt und schlummert wie ein freundliches Postpferd. Doch selbst im Speisewagen in seiner unvollkommenen Form habe ich mehr Zeit zugebracht als in vielen anderen Restaurants zusammengenommen, und ich tat es freiwillig und gern. In den vier Stunden, die man auf der Fahrt von Berlin nach Essen verbringt, kann man im Speisewagen schon vier kleine Flaschen Wein getrunken haben. Oder einen Krimi weggelesen, einen Liebesbrief geschrieben oder, wenn es wirklich gut lief, etwas gedichtet haben - zum Beispiel vier Zeilen über die Bundesbahnchefsorte Mensch:

Wer Aktien käuft oder verkäuft / Der sei in altem Bier ersäuft / Vom Kopf bis hin zur Mitte / Langsam und qualvoll, bitte.

Über das Draußenschmausen

Es ist so heiß, so furchtbar heiß, ein Kleinkind quäkt: »Kann ich ein Eis?« Das ist der Sommer. Er treibt die Menschheit vor die Tür. Auf daß ihr Schweiß sich in Gesellschaft verströme und schwäre gar unfrisch und säuerlich. Die rot und grün wählenden, sich für diese Dummheit aber keineswegs grün und blau hauenden Bewohner des Berliner Bezirks Kreuzberg suchen zu diesem Zweck ein am Kanal gelegenes Gartenlokal auf. Hierhin führen sie nicht nur ihre schlechten Manieren aus, sondern auch ihre gleich ihnen gestörten Kinder, deren eigentlicher Erziehungsberechtigter längst der Fernsehapparat ist - was wiederum diese Muttis und Vatis nie zugäben, o nein, sie nicht.

Früh lernen die Kleinen, wie man sich in fiese Verhältnisse findet und fügt. Die Gäste sind der Nacktheit näher als dem Bekleidetsein, und die Kellner rächen sich dafür durch einen Service, der in seiner eigenen Verneinung besteht. Bestecke werden im Vorbeigehen auf die Tische geknallt; dazu gibt es einen Wein vom Faß, der sicherlich sehr gut gegen Flecken auf der Fahrradfelge hülfe. Sawischsch!, britzelt das Getränk, wenn es auf den Tisch perlt und Bläschen wirft, während es sich ins Holz hineinfrißt.

Zur Vermeidung dieser Sorte alternativer Kleinbürgerhochzeits-Aufführungen schwingt man sich zu einem sommerlichen Picknick im Freien auf. Decke, Badezeug und einen Korb mit Leckereien aufs Rad gepackt, und munter geht es hinaus ins Grüne. Schön in Ruhe möchte man irgendwo lauschig und verschwiegen herumliegen, nichts als Gezwitscher hören, sich von der Süßen küssen lassen, klatschkalten Champagner in sich hineingluckern lassen, liebevoll gemachte Hühnchensandwiches verputzen und herumdösen.

Da aber kommt Freund Mitmensch angeschissen und vereitelt das arglose Unterfangen. Indem er einfach nur da ist, der Mitmensch, überall. Kaum hat er eine liegetaugliche Wiese oder ein zum Baden einladendes Seeufer entdeckt, feuert er die Kleidung von sich. Nicht wenige gönnen ihrer Mitwelt The Full Monty und ziehen radikal blank. Ein fremdes Skrotum aber ist nicht ganz das, was man in Gottes Garten zu erblicken hoffte. Seltsam, wie vielen nicht einmal das Nötigste bekannt ist: Hodensack und Analfalte als solche sind kein Wert an sich. Die privaten Regionen des Körpers sind für die privaten Momente des Lebens gedacht; in der Öffentlichkeit aufgetischt, wirkt auch eine eigentlich hübsche Schamlippe nur entsetzlich aufdringlich. Man nimmt Reißaus – aber wohin?

Zur nächsten Lichtung? Dort sind bereits die Grillmonster am rohen Werke. Kroß verbrannte Fleischbötzel ziehen fädenähnliche Schwaden, die sich klebrig auf Haut und Borke legen. Denn noch lieber als alles andere mögen die Menschen im Sommer eines: die Welt zu Tode brutzeln. In der sommer- und grillspezifischen Mischung aus Trägheit, brütendem Widerwillen, mit schlechtem Alkohol erzeugter Euphorie und Kurzbehostheit steht der Grillteufel an der Waffe, die mobil eingesetzt wird: auf dem Balkon, im Garten oder im Park. Und wir müssen das riechen.

Das böse Wort mit M

Die Flucht vor dem Millennium
Ein Nachruf

Millennium. Das Wort war eine Landplage. Allein schon der Klang: Millennium – wie eine Metall-Legierung aus dem Chemieunterricht. Es sah auch immer falsch geschrieben aus, mit Doppel-l und Doppel-n genauso falsch wie ohne. Auf dem Wort lag einfach kein Segen.

Aber dauernd mußte man es sehen und lesen: Millennium. Es war überall, noch überaller als McDonald's. In einfach allem war Millennium: Es gab Millennium-Reisen, Millennium-Snacks, Millennium-Kaffee, Millennium-Socken, Millennium-Aktien, Millennium-Parties. Pervertierte Bierbrauer verkauften für 30 Mark Drei-Liter-Flaschen Millennium-Bier im Geschenkkarton. Wer – außer Skandinaviern – wollte das haben? Und wer verursacht größere Depressionen – Leute, die so etwas verschenken, oder Leute, die durch ihr bisheriges Leben bei anderen den Eindruck erweckt haben, sie würden sich über so ein Geschenk freuen?

Für richtig boshafte Hardcores gab es das Millennium-Baby. »Schatz, ich möchte ein Millennium-Kind von dir! Am liebsten das allererste Millennium-Baby weltweit!« hauchte es aus den Mündern von Romantikerinnen genauso vielfältig und zärtlich heraus wie in die Ohren von Romantikern hinein. Das war im Frühjahr 1999. Der Vollzug erfolgte mit Blick auf die Stoppuhr. Geheiratet wurde dann ein paar Monate später, am 9.9.99, im Verein mit ein paar hunderttausend anderen nicht minder originellen Freunden der Liebe mit Stempel.

Es gab nicht nur die Millennium-Hysterie, es gab – zumindest vor dem Millennium – auch ein Millennium-Problem. Nur: Worin genau bestand es? dpa berichtete von einer Frau in Hongkong, die umgerechnet rund 28 000 Mark für Medikamente ausgab, die angeblich gegen das Millennium-Problem hätten helfen sollen. Sie habe offenbar nicht gewußt, daß es sich beim Millennium-Problem um etwas Computerisches handele, teilte die Polizei mit. Eine andere Frau brachte elektrische Geräte zur Polizei, von denen sie schwor, sie könnten erfolgreich gegen das Millennium-Problem zum Einsatz gebracht werden.

Das war der Stand der Dinge unmittelbar am Beginn des 21. Jahrhunderts: Millionen von Millennium-Paranoikern verschanzten sich in ihren Behausungen, schwer bewaffnet mit elektrischen Rührbesen und Staubsaugern, eine Trockenhaube auf dem Kopf, ihr Hirn bis zur Rinde gefüttert mit pharmazeutischen Erzeugnissen, moderne Ritter im Kampf gegen das Böse, was immer das Böse auch sei. Schade eigentlich, daß man es nicht weiß, jedenfalls nicht genau. Aber irgendwo muß es sein, soviel war und ist sicher.

Man muß sich schließlich schützen! In Großbritannien wickelten Besitzer hochempfindlicher Laptops ihre Schätzchen in Nato-Stacheldraht, damit ihnen niemand zu nahe kam. Deutsche Esoterikergruppen vergruben sich mit ihren Geräten 100 Meter tief in der australischen Wüste. Italienische Computerfirmen gaben Milliardensummen für Kruzifixe aus. Bill Gates wurde in Lourdes gesichtet.

Schon im Oktober lag Millennium-Reklame im Briefkasten. Der Pizza-Service ein paar Straßen weiter bot eine Millennium-Pizza an. Ich wollte keine Millennium-Pizza bestellen. Erstens sowieso nicht, zweitens wäre sie dann doch längst kalt gewesen, und drittens würde ich niemals etwas essen, das mit Vornamen Millennium heißt.

Noch lauter als das alljährliche Weihnachtsgeschrei war das Millenniumgezeter: Wer jetzt kein Millennium hat, der wird lange frieren! hauten sie einem um die Ohren. O Mann! Alle gegen einen! Wie feige! In Dublin machte bereits im September ein Pub mit dem Namen Millennium auf. Wie heißt er heute? Ex-Millennium?

Auch die Bahn war mit von der Partie. Ich stieg ein und fuhr. Einmal Egalwohin bitte, von mir aus Alcatraz oder Alcazar oder Alka Seltzer, Hauptsache, keine Millennium-Fahne flattert voran und knattert im Winde. Pustekuchen: Im Speisewagen schlich sich ein Kellner mit dem Charme eines DDR-Portiers an. »Na, bißchen Schampus? Ist ja bald Millennium«, flötete der ölige Grinsekürbis. Er sah aus wie eine aufgehaltene Hand. Zwischen meinen Ohren fand eine Invasion ungefilterter Gedanken statt: Der Mann heißt Jürgen, laß mich ihn würgen! Wie beruhigend, daß wir zivilisiert sind, seufzte ich. Aber jetzt gerade auch schade.

Ich hechtete, ja hocht ins Abteil. Da wartete schon Passagier Mitmensch und hatte Mitteilungsdrang. »Ich bin ja aus Bonn, und jetzt der Umzug«, hub er an. Gut, daß es *Die Zeit* gibt, dachte ich – die hat so ein schönes großes Format, Spannweite Albatros. Lesen möchte man sie eher selten, aber man kann sich klasse hinter ihr verschanzen.

Dem Mann aus Bonn aber war auch dieses Signal vollkommen egal. »Der Teutoburger Wald ist eine Wetterscheide«, sagte er. Wäre es mit rechten Dingen zugegangen, er hätte sich mit seiner eigenen Langweiligkeit in den Schlaf sprechen müssen. Oder direkt ins Koma. Tat er aber nicht. Er war abgehärtet – in Millionen von Monologen, die er auf andere ausgegossen hatte im Laufe seines Lebens. Wie viele Menschen er wohl schon in die Nähe des Suizids getrieben hatte?

Ich wollte nur noch die Finger in die Ohren stecken und »La la la« singen, bis er aufgab. Obwohl das wahrscheinlich Tage gedauert hätte. Aber ich blieb höflich, duldete in Demut und tröstete mich mit dem Trick, das sei jetzt eine buddhistische Übung. Eine Übung in Gleichmut. Der Trick funktionierte nur äußerst bedingt. »Ich freue mich auf die Millenniumfeier in Berlin«, sagte der Mann. Ein nie zuvor empfundenes kannibalisches Begehren durchströmte mich: den Mann einfach aufessen! Happs und weg! Das wäre die Lösung! Allein die Gewißheit rettete ihn, daß er genauso zäh und fade geschmeckt hätte, wie er redete.

Der Millennium-Fluchtzug hielt in Mannheim. Mannheim klang übel, aber nicht so übel wie der Mann im Zug, der mich mit seiner fettigen Millennium-Vorfreude bestrich. Also hinaus aus dem Zug und hinein nach Mannheim!

In Mannheim war die Hölle bislang immerhin nur die ganz reguläre: »Die Brezialisten« nennt sich eine Bäckerei am Bahnhof, breithintrige Pfälzer trampeln herbei und essen das auf. So geht Mannheim. Ein paar Kilometer weiter, in Frankfurt, träumt Joseph Fischers alter Freund Jonny Klinke erfolgreich davon, in seinem »Tigerpalast« Leopard-Panzer zu verkaufen. Die grüne Geschäftstüchtigkeit ist so unappetitlich wie unüberraschend. Solange in dem Spiel aber das Wort Millennium nicht vorkäme, wäre es nur das übliche banale Böse, nichts sonst. So hatte ich mir die Sache zurechtgebogen.

Die Mannheimer Durchschnittshölle aber hat nachgerüstet. Das Zusatzgeschütz heißt Xavier Naidoo. Der Sänger mit dem Air eines Erweckungspredigers spricht auch gerne. Worüber? Selbstverständlich über – genau: das böse Wort mit M. »Millennium … Alles wird sich ändern … in Deutschland … und überhaupt … alles wird vielleicht besser … oder auch schlechter … wer weiß … wer weiß …«, orgelt der Naidoo. Mannheim findet das klasse und orgelt der singenden Gottesklatsche hinterdrein. Nicht einmal die Hölle ist mehr, was sie einmal war.

Den Verzweifelten dieser Welt bleibt traditionell das Bahnhofshotel. Leider hat es inzwischen einen Fernsehapparat. Zur Zerstreuung schaltete ich das Gerät ein. Auch hier schlug die Stunde der Gesundbeter. »Begleichen Sie jetzt Ihre Rechnungen … Gehen Sie gereinigt ins neue Jahrtausend … Es bleiben Ihnen nur noch wenige Tage … Bei wem müssen Sie sich noch entschuldigen? Wem schulden Sie etwas? Wir helfen gern … Mit einem speziellen Millennium-Kredit«, säuselte das böse Auge. Es war zum Davonlaufen! Aber genau das versuchte ich doch die ganze Zeit. Vergeblich. Wohin sollte ich mich wenden? Wohin?

Nicht nach Deutschland jedenfalls. Dort wählten sie ohne Not noch kurz vor Toresschluß Millennium zum »Wort des Jahres«. Die es taten, sind Verbrecher an Sprache und Geist. Genau wie alle, die es in den Mund nahmen. Die es, und sei es nur aus Verzweiflung und Ekel, multiplizierten. Wie ich, mit diesem Text. In dem 39 mal das Wort Millennium steht – jetzt also schon 40 mal. Nein! Nein! Nie wieder! Nie wieder darf von irgendeinem Boden der Welt das Wort Mmmm … – Nein, ich sag's nicht! – ausgehen! Nie wieder Mmmm …! Damit nicht Frieden, aber Ruhe ist auf Erden. Mmmm …!

P.S.: Ganz kurz vor Ende des Jahrtausends bekam ich ein Paket ohne Absenderangabe. Die Neugier siegte – ich öffnete die anonyme Sendung. Sie enthielt einen blauen Thermo-Rucksack mit der Aufschrift »Be cool!«. Noch seltsamer war der Inhalt des Rucksacks: 1 Kompaß, 1 Klappspaten, 1 eingeschweißtes Buch mit dem Titel »Survival«, 1 Periskop und 2 Dosen Ochsenschweiß namens »Red Bull«. Früher hätte man gesagt: Was so schmeckt, muß wenigstens helfen. Früher wurde eben auch nicht weniger Redbullshit geredet als heute.

Wer konnte mir diesen Überlebenssack geschickt haben? Ein Pfadfinder? Ein altruistischer Paranoiker? Das Geheimnis blieb ungelüftet, und ich nahm die Gabe als letzten deutlichen Wink zur Abreise.

Ich floh – mit einem Auto, das uralt genug war, um über keinerlei Elektronik zu verfügen, und mit einer Chauffeurin, die klug genug war, um weder mit Autos noch mit Elektronik ein Problem zu haben. Sie war groß, charmant und rothaarig. Gerne zündete ich ihr Fluppen an, legte Hörspielkassetten nach, füllte Öl und Benzin ins Auto und Wein in die Gläser. So glitten wir dahin.

Am Silvesterabend gegen acht erreichten wir Bern. Gediegen und vor allem erfreulich arm an Jahrtausendwendfeiern erschien uns der Ort. Das täuschte ein bißchen. Die Direktion des Hotel Bären hatte nicht nur einen Liter Wasser und eine Taschenlampe neben das Bett stellen lassen, sondern auch eine Erklärung vorbereitet: »Um die kommende« – da war es wieder! – »Millennium-Silvesternacht sorgenfrei zu feiern, schenken wir Ihnen eine Flasche Wasser und eine Taschenlampe für den Fall der Fälle.«

Teil dieser freundlich gemeinten Geste war auch ein Champagnerglas, das mit 36 weißen und goldenen Sternen ebenso bedruckt war wie gleich dreimal mit – welcher Aufschrift? Einmal dürfen Sie raten: »Millennium 2000«. Und die Taschenlampe war wasserdicht. So ist die Schweiz: immer gewappnet, immer bereit. Nur wozu?

Auf dem Berner Bärenplatz sah ich an diesem letzten Tag des alten Jahrtausends die Zukunft des neuen: einen öffentlichen Fernsprecher mit E-Mail. Swisscom Tele-Guide heißt der Automat und jagt bis zu 240 Zeichen per Mail in die Welt hinaus, wenn man sich 1 Franken 50 von der Kreditkarte herunterladen läßt. Sofort verschickte ich die Nachricht über genau diese sensationelle Nachricht (und über nichts sonst) an eine Je t'embrasserie des Herzens.

Am nächsten Morgen wollte ich nachlegen und lief noch einmal zum Bärenplatz. So sah ich auch die Gegenwart des neuen Jahrtausends: Der Swisscom Tele-Guide war vollgegöbelt. Mit roten und gelben Bröckchen flächendeckend besprenkelt. Tief schnitt das Bild in mich ein: Die Gegenwart ist die Fußfessel der Zukunft. Ob diese Nachricht den Empfänger noch erreicht hat?

Kein Jesus, kein Lenin, kein Dummkopf

Wie man der zähen Dreifaltigkeit von Gläubischsein, Besserwisserei und Dumpfheit vielleicht ein Schnippchen schlagen kann

Das erste, woran ich denke, wenn ich das Wort Vertrauen höre, ist die Schlange Kaa aus Walt Disney's »Dschungelbuch«. »Verrtrrau miierr!« zischelt die Würgeschlange und hypnotisiert den kleinen Mowgli, den sie so gerne verdrücken möchte. Die Szene ist ein gutes Rüstzeug, um einigermaßen unbeschadet durch die Welt zu kommen: Wenn man jemanden »Vertrau mir!« sagen hört, »Hab keine Angst!« oder »Alles wird gut!«, ist man in einen kitschigen Film oder an einen nicht minder zweifelhaften Menschen geraten und weiß, daß man schön auf sich achtgeben muß: Unterhosen und Portemonnaie festbinden, sich vor metaphysischem Geschwalle hüten und schon mal die schnellen Schuhe aus dem Schrank holen.

In seiner Kriminalgeschichte »106 000 Dollar Blutgeld« beschreibt Dashiell Hammett einen Mann, dem sein Bruder 15 000 Dollar zur Aufbewahrung gibt. Das ihm anvertraute Geld zu stehlen, ist dem Mann ganz selbstverständlich. Vollkommen verwundert, verständnislos und beinahe vorwurfsvoll sagt der Betrüger über seinen Bruder: »Um lang zu leben, hatte er zuviel verdammtes Vertrauen. Die Sorte *hombre* war er – vertraute sogar dem eigenen Bruder.«

Der schottische Erzähler Colin McLaren zeichnet in seinem Roman »Rattus Rex« einen ausgebufften 17jährigen Jungkriminellen durchaus mit Sympathie: »Weder mit Verwandten noch mit Freunden belastet, sah er in aller Welt seinen Feind und begegnete jedermann mit demselben heiteren Verzicht auf Treue, Redlichkeit, Zartgefühl und Heuchelei.« Schön gesagt.

Glaub keinem ein Wort, und tu, was du zu tun hast - das ist eine Maxime, mit der man nicht schlecht fährt. Andererseits möchte man auch Romantiker sein dürfen, Idylliker, und nicht immer herumlaufen, als hätte man in Drachenblut gebadet. Also gibt man sich, so man dazu fähig ist, ganz und gar hin, uneingeschränkt - und kriegt prompt einen auf den Däz. Boing! Das tut weh, und das ist gut so. Man muß Lehrgeld zahlen - als allzu vertrauensvoller Mensch ist man für die anderen Kinder einfach eine zu große Verlockung. Man ist es seinen Mitmenschen quasi schuldig, ein bißchen vorsichtig bei ihnen zu sein und sie nicht auf dumme Gedanken zu bringen. Denn allem kann der Mensch widerstehen, nur nicht der Versuchung.

Komische Heilige, deren dauerlächelndes Gottvertrauen auch durch eigene Erfahrung nicht getrübt werden kann, sind deshalb nicht wohlgelitten. Jesus wurde von Leuten ans Kreuz gehauen, denen das ewige Hinhalten der anderen Wange begreiflicherweise entsetzlich auf die Nerven ging. Der Mahatma-Sorte Mensch will ich nicht trauen - wer die anthropologische Lektion von der Gemeinheit des Menschengeschlechts mit aggressivem Liebsein auskontern will, ist zwar irgendwie süß, aber vor allem nervtötend. Betrachtet man die Blutsbrüder Winnetou und Old Shatterhand und ihren Vertrauenskitsch, möchte man es doch lieber mit den Bösböcken halten; Karl Mays hehres Gelulle, die Harmonie von Henrystutzen und Silberbüchse und seine edelmenschelnde, weltumspannende Anbrüderei sind so ölig, daß man aus ästhetischem Widerwillen zu den Schurken halten muß. So schön es ist, auf die Stimme des Herzens zu hören - wenn sie Blödheit predigt, ist es dann auch mal gut.

Warum sollte man anderen über den Weg trauen, warum sich selbst? Vernunftgründe dafür gibt es keine. Vertrauen ist der Triumph des Wunsches, die Welt solle so ganz anders sein, als man sie ständig erfährt. Die Erfahrung sagt: mißtraue! Hartnäckig aber hält sich der duselige Wunsch nach Harmonie und Happy-End. Und man kann ihm auch, wenn man weiß, was und warum man es tut, durchaus nachgeben. Dauerndes Auf-der-Hut-Sein macht fiese Falten und Mundgeruch. Wer sich chronisch für gewieft und für oberschlau hält und eine armselige Befriedigung darin sucht, andere übers Ohr und über den Tisch zu hauen und zu ziehen, hat auf Dauer nicht mehr zu bieten als ein Zwölffingerdarmgesicht, ein rachitisches Innenleben und einen extrem geizigen Gang.

Über Stalin wird erzählt, als Junge sei er von seinem Vater auf eine hohe Mauer gestellt worden. Der Vater habe die Arme ausgebreitet und lächelnd gesagt: »Spring! Ich fange dich auf.« Der kleine Stalin sprang, der Vater trat zur Seite, und der Junge lag heulend am Boden. Dann habe der Vater gesagt: »Siehst du – du darfst niemandem trauen.«

Das Credo von Stalins Vorgänger Lenin, »Vertrauen ist gut, Kontrolle ist besser«, liegt noch heute wie ein Schmierfilm auf allen autoritären Plänen zur Menschheitsbefreiung. Vertrauen mag nichts sein als mangelnde Vorsicht – permanente, umfassende Kontrolle aber ist soviel angestrengter, kleinlicher, unerleuchteter und in der Konsequenz widerlich: Das ewige »Wir müssen wachsam sein!« ermuntert nur die Kontrolleure und Blockwarte aus Neigung.

Dagegen schimmert das dezent Vertrauensvolle hochsympathisch. Und hat auch umgekehrt manchen Reiz: Hochstapler, Heiratsschwindler, Betrüger und andere Luffis haben so viel mehr Charme als die notorisch ehrlichen Häute, die biederen und treuen Schluffen. Lieber aus den schönsten Traumwolken auf die Nase gefallen als mit einem lahmen Zock sicher auf dem Teppich geblieben. Vertrauen ist vielleicht Dummheit, aber ohne diese Art Dummheit ist alles langweilig.

Es ist nicht angenehm, wenn man als bewußt naiver und vertrauensvoller Mensch für blöd gehalten wird, für das perfekte Opfer, dem man die Taschen fegen kann nach Gusto. Aber man kann ja, wenn nötig, auch anders. Außerdem ist Natürlichkeit eine Sache, mit der man Abzocker aller Fraktionen in die Verzweiflung treiben kann. Die wollen nicht kapieren, daß man die billigen Lehren, die sie zu bieten haben, nicht lernen will - weil man sie längst in- und auswendig kennt, als öde verworfen hat und sie absichtsvoll ignoriert. Das bringt die Knieperköpfe und Rechenschieber ins Wanken, vielleicht - oder sie werden wenigstens sauer.

»Die Welt will betrogen sein, gewiß. Sie wird aber ernstlich böse, wenn du es nicht tust«, schrieb der große Hochstapler Walter Serner. Das ist dann vielleicht der wirkliche, der wahre Anreiz, kein Betrüger zu sein: die Welt böse auf sich machen und sich mit ihr fetzen können, denn Reibung erzeugt Wärme.

Kein abwatschbarer Jesus sein, kein paranoider Lenin, kein Dummkopf - wenn man das schafft, ist das sehr viel. Christentum, Marxismus und Dummheit sind noch immer die beliebtesten Religionen. Gern soll man, mit voller Absicht, naiv und vertrauensvoll sein. Sich aber aufregen, wenn die Sache schiefgeht, sich beschweren, wenn man ein Messer ins Kreuz bekommt, das soll man nicht.

INHALT